平成二十三年三月十一日　東日本大震災にて壊滅した尊いふるさとに捧ぐ

この星に生まれて

兄たちよ、ジョンよ、駿馬《しゅんば》よ

佳子

文芸社

もくじ

第一章　花もいのち　鳥もいのち

第二章

第一章　花もいのち　鳥もいのち

一年の間《ま》に、四つ季節が訪れ
刻、一刻と、あらゆる生命《いのち》が移ろい、
その営みは連綿とつづく。
この星に参加して
私は早や、七十二回目（平成二十年）の冬を、迎えた。

国の在り方や、憲法、政治等、どれも大切で
関心はあるが、とても難しい。
けれど、「この先に於《お》いて、二度と戦争をしてはいけない」
という思いが一途に有って、それを綴ろうと思いました。

戦後六十年を過ぎた頃から
戦禍《せんか》を潜《くぐ》った人々が、ぽつりぽつりと体験を語るお姿を
テレビなどを通して、拝見するようになった。
涙をうかべ、重い扉を押し開けるように話される
そのお姿から、戦争の、むごさ、恐ろしさが
切実に伝わり、平和の有難さを改めて考えさせられる。

体験者は皆、御高齢。
或いは、ひとことも話せぬままに、他界されている……。

無念にも散って逝《い》った尊い生命《いのち》たちが、わが家系にも有って、胸深く束ねられ、忘れられるものではありません。

田舎の子

終戦の頃に私の記憶をたどる

人、
犬、
猫、
馬、皆同じ

傷つき過ぎては　語る言葉も出なくなり
人に会うのも拒絶したくなり

時の流れに　少しずつ
つづることで　語る手段があることに
気付かされた
亡き兄たち、亡き動物たちの運命が
絶対　大きく　七十二歳の私を　ゆさぶったから…

戦争って、な、に、か
なんにも言えないで

忘れていないよ
愛犬ジョンがいなくなった日のことを

兄が小学四～五年生　その時私は五つ下
あの日　兄につれられて家の序《じょ》の口《くち》から出てゆく愛犬ジョンを
みていた
なんにも言えないで　ただ見ていた
楽しそうにシッポをふりながら出ていった
これからジョンが死ぬということも　殺されるということも
受けとめられないで　ただ見ていただけだった
ずーっと待っていた

兄がひとりだけで帰ってきた
眼も鼻も泣いていたあの日　兄はにこにこしなかった
ただならぬ事態であることを　幼くても、「な、に、か」を
感じ取っていたから
ジョンのことを言ってはいけないと私は思った
ジョンのお茶わんにさわったりして　毎日待っていた
ずーっと待っていた

中学生の頃だった　私は初めて兄から聞き出した
「国の命令で戦争の為」ジョンが召集されたことを　詳しく聞き
知った

あらたに厚い壁が　重たく胸の中に張りついた
「戦争ってやんだ」「惨殺《ざんさつ》されたなんて」ジョンが兄が
可哀相だった
そのまま　そのことには頑なに封をした
日を重ねるにつれ年を重ねるにつれ
どんな言葉も当てはまらぬ　どんな言葉も出ては来ぬ
本当に何も言えなくなった
封をしたまま長い長い年月が経過した

…………………

私は祖母となり　ふたりの孫が小学六年生になった
ある日　学校の学習の中で　戦争についてお婆さんの考えを
話さなければならなくなり　やっとのおもいで封を切った
話して　そして少しつづった
ジョンを連れていったあの時の　兄の年齢は
この日の孫より一～二歳下であった

戦争は惨《むご》い
温かい家族の中から
否応《いやおう》無《な》しに大切な尊い命を奪《うば》うから

もうひとつの戦争
愛犬ジョンの命　『おばあさんから孫たちへ』より

もうひとつの戦争として、愛犬ジョンの命のことを書こうと思います。

戦争は尊い人々の命を奪《うば》うばかりではありません。家族と一緒《いっしょ》に楽しく暮らしていた可愛《かわい》い犬たちにも、召集の命令が来てしまったのです。寒い戦地で戦っている兵隊さんに毛皮を着せるためと食料にするためだったようです。

わたしには三人の兄がいましたが、上の二人は出征していたので、三番目の兄が当時十一歳の時、男の子だからと母から言《い》い付《つ》かり、ジョンを連れていく立場になりました。以下はその兄から聞いた話ですが、決められた日が近づくのが兄にとってどんなに辛《つら》かったかしれません。

何も知らないジョン。小さい日の丸を首輪につけて、最後のご飯をおいしそうに食べ、大好きな兄と散歩かと、楽しそうにしっぽをふったりじゃれたりして歩いたとのこと。賢《かしこ》くて優《やさ》しい忠実な犬だったのに……。

やがて村はずれの川土手《かわどて》の方《ほう》から、ただならぬ犬たちの悲鳴が聞こえてきました。先に殺されてゆく犬たちの悲しい声だったのです。ジョンはいち早く異変《いへん》を感じて兄の顔を見上げ、じりじり後《あと》ずさりして、イヤだイヤだと動かなくなったのです。兄の足も止まったのです。

ジョンを連れてどこかの山奥に逃《に》げようかとか、命令に従《したが》わないと自分も一緒に殺されるのだろうかとか思っていると、心臓がドカドカとなって、ジョンと二人、恐怖《きょうふ》でかたくなってしまいました。

係りの人が見付けて、ジョンをつないでいた綱《つな》を兄の手からもぎ取って引っ張って行きました。そして、ジョンは、先の犬たちのように惨殺《ざんさつ》されたのです。

首に巻かれた太い鎖《くさり》を最期までかんで抵抗したジョン。一瞬《いっしゅん》振《ふ》り返った兄を見て一声《ひとこえ》「クワーン」と鳴きました。きっと涙《なみだ》を流していたと思います。かわいそうでかわいそうで、

「戦争なんてやんだ、やんだ……」

十一歳の兄は泣いておこりながら帰ったそうです。わたしはその話を一生忘れられません。

ジョンを兄の手からもぎ取って引っ張っていった係りの人も、本当はつらかったんだと思います。どんなにいやであっても、どんなにつらくても、命令に従わねばならなかったからです。

戦争は人も動物も自然も殺してしまいます。すべてが破壊《はかい》されてしまいます。外地《がいち》で長兄も戦死してしまいました。二十代でした。家族の中で中心になって支えてくれる人、一家《いっか》の大黒柱《だいこくばしら》となるべき大切な兄を失ったことで、我《わ》が家《や》では、後《あと》から後《あと》から不幸が続きました。そして、我が家だけでなく日本中に痛《いた》ましい葬式《そうしき》が続いたのです。

でも、今はみな必死で前向きに一生懸命頑張《がんば》って歴史を積んでいます。たくさんの犠牲《ぎせい》の上に今の日本の平和がありますから、いつまでも戦争のない国でありますようにと願うばかりです。

六年生のみなさん、一人《ひとり》ひとつの、自分の命《いのち》を大切にしてください。幸せな人生を送ってください。そのために今、いろいろなことをどんどん学んでくださいね。

（右の文章は2005年、ある本に掲載させていただいた同文です。その時六年生だった孫達の為に書きました。）

瞬間に見た

黄土色を見ると、たった一度幼い日に見たグライダーを思い出してしまう。

昼、庭で一人遊びをしていたときのこと。突然「ゴーッ」という音に、飛行機が自分に迫ってきた、と思った。

振り向いた瞬間に見えた。カヤの木すれすれに、黄土色した飛行機が一機、あたまも一人だった。そのあたまも、同じ色だった。畳一枚くらいの長さで、家のすぐそば、目の前を通過していった。ビックリの一瞬。

…よくおちなかったなア…。

ブツブツ言いながら一人立ちすくんだ。木の枝が大きくザワザワ揺れていた。一瞬の大きな驚きだった。南向きの家の北東から南西の方へ飛んでいったのだった。

「なんだあれ、誰だあれ…」驚きいっぱいで家の人に聞いたはず、そこで誰かが言ったのを聞いて「グライダー」という名前を知った。あの瞬間をときどき思い出す。誰かが乗っていた。もしや、兄だったか…などと、時を経てだんだんと思えてきて…。

…後に、ニューギニアで戦死とされた…。

威風《いふう》堂々と父さんの独り言と偉大な榧《かや》の木さま

父が「刀《かたな》（日本刀）」というものを、台所で油紙で丁寧に包んでいた。油紙というものをはじめて知った。上から蓆《むしろ》でさらに包み、山の細い坂道のそばにあるカヤの木まで、縄《なわ》と一緒に持っていった。それから高い枝へ登って足をかけ、大切な刀をその木に縄でくるくるくるくる何回もしっかり巻いて、落ちないかトントンと手で確かめていた。

「とっても大切なものなんだ」という気持ちが、父から私に伝わっていた。

木から下りながら「大きな磁《じ》石《しゃく》だと見つかるかもな」と独り言を言っていた父。父のすることを全部見ながらついて歩いたあの日。「磁石…」の意味はわからなくても、人に言ってはいけないことなんだな、とその日からカヤの木を特別に意識していた子供。気になって、かくれて見に行っていた…。

思い起こすと、父さんの父が大切にしていた家宝だったのかもしれなかった。蔵で裃《かみしも》（武士の礼服）と袴《はかま》を見たこともあった。まさか蔵に入ってまで刀を持っていったりはしなかっただろうけれど、あの当時は、軍備品になるものは何でも集められていたから、たった一つでも父は自分の手で守りたかったのでしょう。

戦後何年かして村の鍛《か》冶《じ》屋《や》さんで包丁に作りかえてもらっていた。いつ、木から下ろしたのかは知らなかった。時効になった「父さんの独り言」。

カヤの木は守り神。そしてカヤの実は、大切なおやつになってみなを助けてくれました。
カヤの木さま…
今も四季の中、ひとり黙って、威風堂々と鎮座《ちんざ》しているだろうか。
本当に有難う。
故郷はとても遠くなったけれど、思い出は鮮《あざ》やかに残っている。

私の原点

記憶の始まりに、穏やかで歌の好きなばばさん（祖母）と束の間のかかわりがあった。おかげで歌の好きな孫になっていた。
私は両親の歌声を聞いたことがない。戦争の痛手から歌うことを拒否した生涯ではなかったか、と自分なりに解釈している。でも温和な表情で、誰かの歌声に合わせて手拍子をしている姿はあった。

人は誰しも、物心ついてからが小さな一歩となり、記憶され、思い出がつづく。時の流れは過去の上にあり、昨日から今日と新たな毎日を繰り返し重ねている。時間の過ごし方は兄弟、姉妹でもいろいろ、その時々の状況、受け止め方、考え方から個性となり違ってくると思う。

海、小川、沼、月、満天の星の輝き、愛犬ジョン、猫のミーコ（代々名前はミーコ）、鶏、啄木鳥《きつつき》、フクロウ、とんび、からす、鶯《うぐいす》、雀、鳩、ひばり、狐、とんぼ、蛍、蝉、蝶、天井のねずみ、庭の草花、生で食べられる草、木の実…

私は幼いころ、無意識のうちに、こうした自然の恵みと豊かな四季に影響されながら育まれていった。それが私の原点だった。

そしてものごころつくころには、すでに戦時下であった。私には兄が三人いた。戦争についてつづるには、やはり兄たちのことが主に思い出されてくる。子沢山が奨励されていた時代で、大勢の兄姉だった。私は最後に生まれた昭和十一年生まれ。終戦は昭和二十年八月十五日、敗戦したのだった。

私が生まれたとき母のお乳が出なく、米のとぎ汁を煮て、それで育てられたと聞いている。あまり意味を持たぬ一番であるが、姉妹の中で一番背が高くなってしまった。

家は大きな農家だった。手伝いの人たちが頻繁《ひんぱん》に出入りしていたのを覚えている。父は農業のかたわら、村の郵便局や農協に勤め、また生命保険の代理店を営んでいた。玄関外に保険会社名のブリキの看板が張りつけてあった。

耳学で

私が、ばばさん（祖母は江戸末期、嘉永三年生まれである）と暮らしたのは幼児期のほんのわずか。母屋《おもや》の裏方に、鶏小屋続きの、古い、小さい「家《いえ》っこ」があり、ばばさんの仕事場だった。昼はばばさんといっしょにいた。私という孫の守りをしていたのでしょう。冬は窓からお日さまが入り、炉《ろ》があって、薪《たきぎ》を焚《た》き、黒い鉄びんがぶらさがってチンチン鳴り、ぽかぽかしていた。ばばさんは、縄《なわ》ないや、碾《ひ》き臼《うす》でこうせんをひいたりして、私にも食べさせてくれた。なかなかうまく飲み込めなく、むせながら食べていた。ひきたての粉は温かいから、お砂糖がなくても甘くかんじられとてもおいしかった。ぬっくい家っこで縄をない乍ら、こうせんをひき乍ら、いつもいつも唄っていた細い声。のびやかで、とーってもここちいいのです。私は、ワラを少し手ににぎって、膝をカックンカックンおとし、調子をとっていた。幸福《しあわせ》なひととき。あの時の二人の様子が、今でも浮かんで来る。

幼児期は、うまく言葉を話せなくても、繰り返しの唄やお話は、知らず知らず、耳学で、何でも吸収する時期。だから短い間でも、この頃をばばさんといっしょにすごせたことがとても幸運だった。しみじみ感謝している。

お蔭で、歌の好きな孫になり、子供のころ何にでも節をつけていたとか。二回と、同じ唄にはならなかったらしいが…

これまでの長き日々において、歌は心の友となり救われている。悲しく辛くとも、気がつけばハミングになっていた。ばばさんも、きっと天国でもうたっているでしょう。

あれから、幾山河。遥《はる》かな時代を経て、思いがけず久々の偶然があり、〝ぽん〟とばばさんを近くに感じられた日、テレビの前でひとり感激と驚きで笑ってしまった。

平成十八年、NHK、朝の連続テレビ小説「純情きらり」の一場面。青森弁で、冬吾《とうご》さんという名の画家役の俳優、西島秀俊さんが、

ねござー、ねござで幼《おさ》な虫《むし》(?)
ねーごーは、下駄《げだ》はいでー
杖《つえ》ついでー、絞《しぼ》りー浴衣《ゆかた》でー
来《く》る者《もの》かアー、〝うんつあ〟
おっちょこ　ちょいの、ちょいのちょい
おっちょこ　ちょいの、ちょいのちょい

と。幼少期の記憶と同じ歌詞、同じメロディ。

唄い踊りの場面に懐かしさ、驚き、いっしょになり、感無量だった。

嘉永三年生まれのばばさんが、昭和十一年生まれの、幼い孫の耳に、しっかり残していた。きっとなんどもなんども、うたっていたのでしょう。孫は孫で、〝猫《ねこ》〟が大好きだから、すんなり覚えたのであろう。簡単で、地味な唄、耳学の記憶だった。

平成十九年、二人の娘たちに話す機会があり、本邦、初公開で、うたって聞かせた。私の幼児期、戦時中だったが、ばばさんとの短いひとときの中には、沢山のうたがあったようです。

いつの時代も、音楽は心の友
淋しいにつけ
楽しいにつけ

〝家っこ〞

あんねの思い出

お手伝いのお姉さんのことをそうよんでいた。たった一つ忘れられない思い出がある。あんねは私をおぶって広い台所の板場ふきをしていた。背中からあんねの頭に顔をぴったりくっつけて、気をつけて見ていたことがあった。あんねの鼻から太い鼻水がツーツーと出たり入ったりしていた、その光景が鮮明に残っている。そのころちり紙なんてなかった。「私が重くて辛かったでしょう、ごめんね」思い出すたび今でもつぶやいている。

その後あんねがどうしたかは分からない。多分戦争が危うくなったから、実家に帰ったのでしょう。何時の間にか居なかった。ありがとう。いつまでもご無事で。

お月さん取って

言葉もよく話せない頃、自分の身の丈ほどもある大きな丸い笊《ざる》をひきずりながら、玄関の敷居をやっとこさまたいでそとにでた。着物を着ていて足にからまり、邪魔で少し怒りながらまたいだことを覚えている。煌々《こうこう》とまんまるのお月さんが空に浮かんでいる。

「あれとって」「うーうー」と、一心に指差して五つ上の兄さんにお願いした。兄さんは否ともいわずに、長い梯子《はしご》を庭続きの畑にあった稲ばせに立て掛け、登ってから「取れないよ」と身振り手振りで教えてくれた。このひとことがしっかり残っていて、まんまるお月さんを見るたび優しかった兄の事を思い出す。ありがとう兄さん。

お国のため、兵隊さんのため

お国のために、兵隊さんのためにと、米を供出させられていた時代だったから、皆朝早くから夜、月明かりを頼りに、田、畑、山へと働き詰めの毎日だった。そのころ、末っ子の私のかたわらにいつも一緒にいた祖母が他界している。だから食事時以外、たいがい一人で居たような気がする。

大好きなジョン、猫のミーコ、鶏、花々に声がけし、おなかが減ると木の実や生で食べられるおやつ草《ぐさ》を探しに、祖母ゆずりの自作の鼻歌を歌いながら、家の周りを走っていた。たぶん祖母と歩いた通りの順番だったかと思う。おやつ探しに夢中で、ひとりいることにまだ淋しさもなかった。ジョンもミーコも一緒だった。

竹槍《やり》の稽古《けいこ》

長女の姉は嫁いでいた。年齢差からはっきりした記憶になく、時々里帰りで家に帰っても、はじめはよその人を見るような恥ずかしさを持って見ていた。

次の姉は青年団活動で日中ほとんど家に居なかった。竹槍の猛稽古、敵機の監視当番等、男子女子を問わず毎日訓練を実行させられていたのだった。

千人針

婦人会の人が、白い手ぬぐい程の布に、一人一個ずつ、赤い糸で玉結びを縫い付けてもらいにまわって来た。兵隊さんの武運を祈り、お守りとして渡すためだった。庭先で手を添《そ》えてもらい、やっと一つ私も作った気がする。布の感触が残っている。赤い玉結びがたくさんついていた。たくさんの祈りが集まっていた…。下地に点々と黒い点で虎の絵が描かれていたような気がしている。

飛行機の音

敵も味方も判《わか》らない、飛行機の音が聞こえたら必ず隠れることを家の人から言われ続けていた。だから一人でいても木の下や畑の中、防空壕《ごう》に隠れた。

「戦争」という言葉。「飛行機の音」「隠れる」「夜になると家の中を薄暗くする」…

このころからだんだん怖さを感じ出していった。いつの間にか静かな里に戦争の波が寄せていたのだった。ただ、田舎であったおかげか、大きな爆撃からのがれ、周りの風景はいつもと同じ。のどかに見えていた。

上二人の兄が出征

一番目の兄が陸軍、二番目の兄が海軍、として出征した。まだ、何も判らぬまま私は誰かにすがって日の丸の旗を手に、転がるように走って駅まで追いかけて行った。上の兄は皆の前にまっすぐに立ち敬礼をしていた。黄土色の軍服を着て白いたすきを掛けて、とても険しい顔の兄だった。

家にいたときの長兄は、静かな雰囲気の人で、いつも口笛を吹きながら、蔵の裏で薪を割っていた。その薪が蔵の壁に高く高く積んであった。

次兄とは一度だけ、いっしょにお風呂に入った思い出がある。幼かった私はきっと兄を困らせたことでしょう。

幼い日の年の離れた兄たちとの思い出は少ない。海沿いの線路を汽車の窓をいっぱいに開け、体を乗り出し、私たちから見えなくなるまで手を大きく振って行った。その様子を漠然《ばくぜん》と、覚えている。

挺身隊・軍需工場

軍需工場・挺身隊へ動員され、東京方面に召集されて行った姉もいた。だから日中家に残っていた兄弟は、下から三人だけ。三番目の兄（五歳上）姉（三歳上）私の三人になり、夜になるのがとても嫌だった。寂しくて胸がツンツンなってくる。小さいもの音にも敏感になりだしたころ。

みどりのトンネル葉っぱのトンネル

家の竹藪に防空壕があった。山へと続く竹藪の一画を水平に掘って、父や近所のおじさん、兄達が造ったらしかった。防空壕を裏からでると山のなかの小道に出た。となりむらの神社へと続いていた。小道の両側には、いろいろな木や花が沢山繁って、伸びて伸びてみどりのトンネルになり、秋は黄や赤のトンネルになった。木の実を食べに来ていた色々な小鳥の声が、たえずいつも聞こえていた。すぐ上の兄姉と三人で、深い葉っぱのトンネルをかがんで、はしって遊んだ。本当に幼かった。その上を、時々ゴーゴーと重たい音をたてながら、飛行機が飛んでいった。

防空壕

防空壕は、真ん中辺《あた》りの両側二か所を、四角く部屋のように土を削って、入り口出口から、隠れた人が見えないようになっていて、そこに何回も何回も避難した。

中に蝋燭《ろうそく》を立てていた。壕から三百メートル位離れた、隣町に通じるゴロゴロ石の一本道を、地域の係りの人が、メガホンで叫んで知らせて通っていく。

「警戒警報を発令」で隠れ、「解除」の声がするまで、大人に従って息をひそめていた。

「焼夷弾《しょういだん》投げ込まれると皆焼け死ぬんだぞ」と、突然誰かが言った。その言葉がしっかり耳にこびりついている。あの時、意味もよく判らずに怖かった。

後になって知った…あの言葉は疎開者の人が言ったのだった。

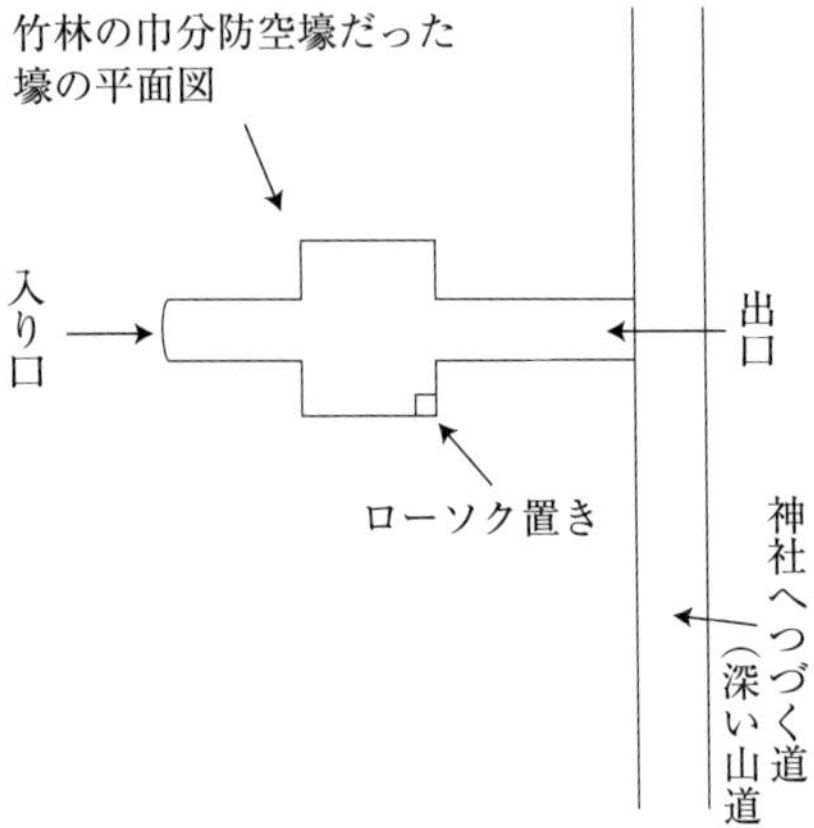

人の命が一番大切

近所に少し欲張りなおばさんがいた。ある時自分の家の大切なものだと、お布団のような大きい包みを壕の中に入れ、四角い土の空間がいっぱいになっていた。そこへその人の夫であるおじさんが来て「人の命が一番なんだぞ、それ持って出て行け」と大きな声で叱っていた。

おばさんはその荷物を家へ運んですぐ戻ってきた。初めて、人が少し嫌いになった。忘れられない…。

時々ゴーゴーと重たい音で飛行機が上空を通過していった。敵も味方も判らない、音が聞こえてくると、どこにいてもすぐ隠れた。怖かった。小学校へ入ってからも飛行機の音が聞こえると、途中で雑草の中や、よそのジャガイモ畑の中に伏せた。リンゴ小屋にも隠れた。一人の時も友達が一緒の時もジーっと隠れていた。

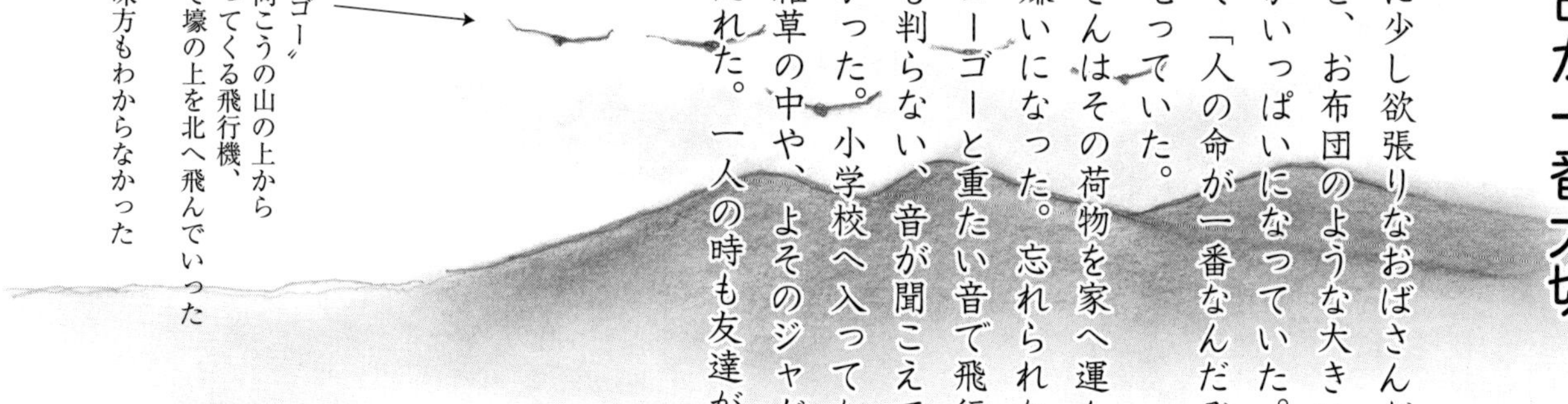

〝ゴーゴー〟
海の向こうの山の上から
向かってくる飛行機、
並んで壕の上を北へ飛んでいった
敵も味方もわからなかった

防空頭巾

母が作った防空頭巾に、布で作ってもらったカバンか風呂敷に本・帳面（当時は、この呼び方だった）・筆箱・消しゴム・セルロイドの下敷きを入れ、背中にバッテンに背負い、足元はゴム靴か藁草履《わらぞうり》。わらの鼻緒に赤い布きれを混《ま》ぜて編んでもらうと足元がかわいくなってうれしかった。服は飛行機から目立たないように草色に染めたりして暗い色ばかりだった。たいがいお下がりだった。このころから何故か紺色《こんいろ》の絣《かすり》のもんぺが好きになっていた。草・花・石ころ・いろんな色彩に関心を持ったころだ。

灯火管制

家は広い農家、夜も晩ごはんの後は、台所で仕事だった。台所は二つあり、広い台所は板の間と土間になっていて、土間に蓆《むしろ》を敷き藁《わら》を打ち、縄ない、草履作り、蓑《みの》（わらで作った雨具）つくり…。

秋には柿の皮むきをして干し柿作りをした。小粒な「えぼし柿」は、海水を入れた大きな樽《たる》に入れ、渋《しぶ》ぬきをして冬から春までのおやつになっていた。私もこわごわ包丁で皮むきをした。デコボコになった。薄暗いからとても難しい手伝いだった。朝になると父が軒下にはしごをかけ、橙色《だいだいいろ》をした柿を吊るした。私たちも運んだ。冷たい空気の中に一杯並んで橙色が風にゆれていた。ちょっとずつおいしい色に変わってゆくのを姉といつも見上げていた。待ちきれずに内緒で食べて胸焼けしたこともあった。待ち遠しいおやつだった。

電気の真下でお義姉さんが裁縫をしていた。電灯のかさに黒っぽい布を深くかぶせ、外に明かりが漏《も》れないようにして縫っていた。薄暗い中で皆シーンとして黙って仕事をしていた。大人の様子は覚えているのに、柿の皮むき以外私たち三人が何をしていたか思い出せない。

暗い台所。地域の係りの人が「明かりが漏《も》れているよー」と屋号を叫んで注意しながら通ることがあった。静かな夜だから大きくはっきり聞こえていた。怖かった。家のガラス戸（雨戸のないガラス戸があった）に月が映るか反射していたのか…と思う。

防火用水

家の外に置いた大きい樽《たる》に水をいっぱい溜《た》めておく。家に井戸があって水には困らなかった。こぼしたり、転びそうになったりしながら、水汲みをした。水は重たかった。重いのにバケツの中からピチャピチャはねこぼれ、様子が何故か可笑しくなって兄妹三人で笑い転げたりしながら運んだ。お互いの格好がおかしいと言っては笑い…。特に私が笑われていたようです。

懐かしい顔が三つ浮かぶ…。

疎開者

家の離れは二階造りの長屋だった。そこにいつからか三〜四世帯の疎開者が暮らしていた。父の知人の知人とか。親戚ではなかった。東京、岐阜、仙台の人たちだと後から知った。両親はいろいろな場面で、多くの人を心配したり思いやったり、できる限りのお世話をいつも当たり前のようにやっていた。頼ってくる人の「身の拠《よ》り所」となっていた。家の人と同じ飯台《はんだい》で、同じ糧飯《かてめし》だった（大根・ひえ・あわなどを沢山入れて、ごはんの量をふやした）。

ご先祖様が残した大地（山・畑・田・広い庭のいろいろな樹々等）がうけ継がれ、糧をうみだし、皆の心を安心させてくれた。みそ、しょう油、梅干し、椿油《つばきあぶら》（食用油）、お茶。何年物といわれるものもあるのに、毎年作り続けて保存していた。非常のとき役に立つから、と言いながら。

胡桃《くるみ》、椿、カヤの木は私が子どものころにはすでに大木で、毎年たくさんの実をつけていた。麦、小麦、とうもろこし、いも類、ひえ、あわ、野菜、果物（柿・リンゴ）等を分け合っていた。大切な食糧だった。

かなり後《のち》のことになるが、昭和三十五年、チリ地震による大津波、大災害があった。その時も、被災者を多数、家の至る所に匿《かくま》い過ごした期間があった。広い農家だったので、活かされたことでもある。

なだらかな小高い場所に家が位置して、津波の被害を免《まぬが》れた。田は全滅だった。

井戸水は涸れないで、いつも大勢の人たちの洗濯場となりにぎやかだった。竈《かまど》で、ごはん等の炊き出しをして、毎年作り続けた保存食（みそ・しょう油・梅干し・椿油・お茶等）が出番となり、お役に立てたのだった。人手不足から、このころ、梅干し以外は保存食を作るのを止めている。

勤労学生と日手間取《ひでまど》り

上の兄姉は召集され、家には働き手が足りなかった。田畑は広い。政府に米を供出することを命ぜられていたことと、日々の暮らしのために、朝から晩まで働いても働いても仕事はつきなかった。だから子供の私たちにも必ず手伝いがあった。

後で教えられたことだが、隣町の高等女学校から「勤労学生」が奉仕活動に来ていた。村の農家に分担されてわが家にも働きに来ていたのだった。政府の方針だった。また一般の人が「日手間取り」と言って、都合のいい日だけ働きに来る人たちもいた。お金は払えない代わりに、食料で渡していた。戦争による食糧危機をお互いに助け合い頑張っていた。人の手を借りながらお国の為に一生懸命生産したお米…。

「兵隊さんに届け…」「召集された子に届け…」と祈りながら大人たちは頑張って働き留守を守っていた。幼少時代の環境であった。

こわがりの雨戸係り……広い農家だった

五歳頃のこと、皆田畑にでて家には誰も居なくなる。外の手伝いがまだできないから、順番コでその時は雨戸の係りをすることになっていた。シーンという音がして、真昼でもひとりになるのがいやだったが、「自分の仕事だ」そう思うと外に行けなかった。

家の南と東側に長い廊下、その外側は板の雨戸、そして二つの戸袋がついていて中に雨戸がぎっしり入っていた。朝夕その戸袋の蓋《ふた》を「ヨイショ」と持ち上げ、留めて、レールに重い戸を一枚ずつ乗せ、しまうときには「ウーン」と力をいれてレールから外す。「いち、にい三」顔を真っ赤にしながらやっていたと思う。時々失敗して、上げた蓋を落とし思い切り手を挟んだりして、痛くて泣いた事もあった。だんだんとうまくなって、レールに戸を何枚も乗せて走らせて遊ぶこともあった。すぐ上の姉、その上の兄さんがしたことが、末っ子の私に回ってくるのだった。そうしてなんでも順番の手伝いになっていた。こわがりだったから、怖いことを次々に考えてしまい、夕方になる前から、早く雨戸を閉めたくなる。何枚も何枚も「うんとこさ」戸を走らせおしまいの戸についている木の錠をカタンと閉め、さらに太いつっかえ棒をしてから、ようやく一人で安心していた。南側の雨戸の真ん中に潜《くぐ》りの木戸も一枚だけついていて、不思議だった。

一番奥の座敷には色々な違い棚や床の間があり、何時の間にか掛け軸が替えられたり活《い》け花《ばな》がされていたり、絵が好きだったから変わる度、新しい物を発見したように感動し、ペタンと座って見ていた。丸いガラスの入った小さな二枚の障子から外を眺めるのも好きだった。小さい障子に丸ガラスは、子供の身の丈に合っていたから、ままごと気分にさせてくれた。露地、機部屋《はたべや》、椿、桐、胡桃、りんごの木、麦畑、周りの山やま。外で見ているのと少し違うような気がした。その小さい障子の下は細長い襖になっていて、花瓶、剣山、硯箱《すずりばこ》、等がしまってあった。父がこのあたりを書院と呼んでいて、そこにだけ机と椅子がひと組置いてあった。子供心に特別な部屋のような気がしていた。

雨戸を開けると露地にある松、南天、八重椿、萩が障子に影絵のように映る。風にゆれるとかげもゆれて、奥の座敷は「ほわっ」と優しい空間になり、こんな時はとっても大好きな部屋だった。手できつねや犬の影絵をしたりして遊んだ。ところがところが、黄色い光のお日さまがいなくなるとたちまち薄暗くなってしまう部屋。だから急に怖くなって心臓がドッカンドッカン。さっさと雨戸を閉めにかかります。あせってあせって、最後の錠とつっかえ棒をして、座敷わらしの話を思い出しては後ろを振り向きながら、バタバタと走って部屋からでた。本当にこわがりの雨戸係りだった。

幼い日の恐怖心は、戦時下であったから、……と、後々に思った。座敷わらしの話はきっと、亡き祖母が繰り返し語っていたのでしょう。そう思うと幸せでもあります。

家は白かべ瓦屋根。板の雨戸いっぱいの長い廊下。その雨戸に一枚だけ非常用の潜《くぐ》りの木戸がついてありました。

手伝い　子供の分量

お手伝いに疲れると「遠くへ行ったたにいさん姉さんの分もだね」とよく言っていた。分量は少しなのに気持ちだけは満足感でいっぱい。ひやけしてほこりと汗にまみれながら、やったぁ……という、そんな子供たちだった。

雨戸係り、薪《まき》運び、掃除、布団の上げ下ろし、炊事、お膳立て、かたづけ、ふろの水汲み、麦踏み、いもほり、草取り、裏山の杉葉拾い、苗運び、柿、リンゴもぎ、胡桃、カヤの実、椿の実ひろい。いつのまにか、竈《かまど》でごはん、みそ汁を炊くまで出来るようになっていた。小学生時代、稲刈りの日、私たちはどろんこまみれで畦《あぜ》まで稲束を運んだ。

荷車のひびき

遠くの山へ薪運びの日もあった。その頃は荷車とリヤカーがあって、その日は五つ上の兄が荷車を引っ張った。空の荷車は動かすまで重そうだった。はじめだけ押して、あとはついて歩いた私と姉。ゴロゴロ石の広い一本道は山道にそれるまでかなり長かった。ガタガタゴロゴロガタガタゴロゴロ……荷車の車輪は鉄製で、高い音となって遠くまで響き渡る。だから遠くの人まで立ち止まり必ずこっちを見ていた。兄さんが「恥ずかしくてやんたなあ…」小声で下を向きながら何度も言っていた。つられて私も恥ずかしくなった。

「石ころで荷車がブルブル」「兄さんの両手もブルブル」……この様子、よく覚えている。

山道にさしかかる。すると今までの賑《にぎ》やかな音がピタリと止んだ。しっとりとした黒い土の小道に入った。疲れてしまって三人でよく道草した。すかんぽ、いたどりをたくさん採って食べた。

こんな思い出になると今でも胸がいっぱいになる。悲愴感とは異なり、四季の中によく溶け込んでいた姿。三人の子供の姿に〝よくやったね、ご苦労さん〟と声をかけたくなり、思わずひとり笑いをしてしまう。私は何でもまねっこをしていた。一人ではとてもできなかった。

山の弁当

朝早く山に行った父と義姉さんが、薪を山の途中の野原まで下ろし、高く積んであった。二人ともニコニコ顔で私たちの到着を待っていた。ちょうどお昼時になるのだった。天の方から声がする。見上げると、青い空のずっと高いところに、とんびがゆったりと円《まる》をかいて飛んでいた。とても小さく見える。かなり上空なのに、「ぴーひょろろー」。鳴き声は下にいる私たちにはっきりとどいて、不思議だった。「あんなに遠くから小さい目で下が見えるのだろうか、何を見ているのだろうか」と。

とんびを気にしながらも、はらぺこだった。

山野原で、荷車に積んできた母が作った弁当、アルミの弁当箱を開ける。

大根の入らない「麦ごはん」だ。沢庵、梅干しのいい香りがプーン…あたり一面に漂《ただよ》って、最高のお弁当だった。木の枝をパキポキ折ってもらってお箸にした。きれいな山の沢水、コンコンの湧水《わき》がひんやりおいしい。葉っぱの香りもしていた。手を洗ってすくって飲んだり、顔にかけたり、蕗《ふき》の葉をまんまるくしてすくったりした。遠くで近くで小鳥たちがいつもさえずっていた。私もよくまねてうたった。一瞬、小鳥がピタリと鳴くのをやめることがあった。

兄たちといろんなことばで、大きな声で、やまびこごっこをしながら薪を運ぶ。雑草と雑木《ぞうき》の中はひとりだと迷ってしまう。こんもりとした山の中を兄さんにくっついて上《のぼ》ったり下《くだ》ったり。私は背中に一丸《ひとまる》。兄さんはいっぱい背負っていた。膝がカクカクしていた。しまい近くになるとへとへとに疲れて、兄の言い出しっぺで、三人でたった一度だけ、ずるをしたことがあった。山の中腹から下をめがけて、背中の薪を転がして捨てた。このことは、内緒になっている。三人だけの、ヒ・ミ・ツ。

帰り道の楽しみ

　山仕事の帰り、姉と私は荷車を押す役割だった。必ず楽しみがあるからついていけたと思っている。山と家の中間くらいに一軒の駄菓子屋があった。そこであんこがぎっしり入った大きな小判形のまんじゅうを兄が買う係りになっていた。石ころ道の端に薪を積んだ荷車を止めて、三人でひと休み。兄から渡される手のひらサイズのまんじゅうはうれしくておいしくて、パクパク、たちまち食べてなくなる。一人一個ずつだった。

　このような小さい積み重ねの毎日を、遊びながらやっていた。二回と同じ歌にならない鼻歌を歌いながら。

夏、誰もいない昼間、腹が痛くて一人で泣いていたこと、さびしかったり怖かったり、疲れたりあきたり…それから、それから、と。山ほど悲しいこともあったのに、時の流れはいつしか、みな宝のような思い出に変えてしまった……。

　幼い日にありがとう…の、うたとなる。

レンゲ草を編んで

　レンゲ草、赤つめ草、白つめ草、花で首飾りや冠を編んでお姫様になった。カエルの歌声を聞きながら。田んぼに咲いたピンク色のレンゲ草。田植えが近づくと私たちはズボンをまくりあげ、はだしで「ふませ」をした。ときどき、かゆいなと思ってすねを見ると蛭《ひる》が付いていたりする。気持ち悪くて手では取れず、足で取っていた。

　転ばないように必ず長い棒を持ちつかまりながら、土を軟らかくする「ふませ」。泥の中にピンク色のレンゲ草を一緒にふんで押し込む仕事。花の好きな私は、レンゲ草が可哀想でなんとも言えない悲しい気持ちになるのだった。田の土を肥やす花だと聞いた。他の草も一緒に刈り入れてあった。稲の花に、お米に、どこかにピンク色があるかも…と、こだわって見ていた頃だった。

　近くを優しい小川がコトコトうたいながら流れている。どろんこ足を洗う。足元をじっと見ていると、めだかがたくさん泳いでいた。笹舟を浮かべ追いかけ、名前も知らない黒くて細い「糸とんぼ」を追いかける。でもそれはとても素早くて一度も捕まえられなかった。とんぼもいろいろな種類がいて、耳元で羽音がするほどたくさん飛んでいた。両手ですくえるほど飛んでいた。あのころの、真っ赤な夕焼けと真っ赤な赤とんぼは本当によく似合って、いまでもセットで目に焼き付いている。稲穂の匂い。かわいいバッタ。「みんなこの指とーまれ」幼い日の秋の夕暮れだった。

とんぼとバッタ。わんわん泣いた日

真っ赤なお空の夕焼けさんと赤とんぼ。大好きだった。稲穂の匂いがする頃、空にも地にも沢山飛んでいた。両手ですくえるくらい飛んでいた。カサカサ羽音が耳元で聞こえたり、少し茶系のや時々大きなしおからとんぼもまじっていて、物干し竿《ざお》にも並んでいた。髪の毛にもコスモスにもゆれていた。やがてそよそよ秋になり、りんごと柿をもぐころには、とんぼの数が少なくなる。日陰がひんやりしてくると、人の肩背中の温もりにそっととまったり、昼に暖められた蔵の壁や石段にもとまっていた。コロコロこおろぎもまだ啼いていた。稲を刈る頃、バッタも沢山いた。田や畑、畦道、どこにでもピョンピョン飛び跳ねていて、踏んだら可哀相、と爪先立ちで歩くのが難しいほど沢山いたのだった。そのバッタ…。小学校に入ってから、ひとりずつ袋を持たされてその中に捕まえて入れた。沢山捕って先生に渡した。可愛い小さな命が大きな人間に食べられる、それを初めて知って泣きながら家に帰った。肩や背中髪にも留まったとんぼ。夜はどこにいるのだろうか、と、心配で眠れなかった。とんぼは食べられなくて良かったなあ、と、本気で思っていたのだった。

沢山の小さいランプ

小さなランプが動いている。蛍のランプ。夕暮れ時から、すーいすーい小さなランプが飛び始める。小川のほとり、田圃《たんぼ》のほとり、庭の草や木の陰から、飛んで出て小さいランプが浮かんで動く。追い掛けて走ったり、両手でそーっと包んでみたり、手のひらから光が漏れて、友達の、そかいしていたてるちゃんの顔もぽわんと見える。動くランプが可愛くて、夜蚊《か》帳《や》に入れて一緒に眠った。朝、蛍が動かないから心配になって、草の中にそこっと帰しておいた。…ごめんね…。蚊帳の中に入れるのをやめた。

子供の頃はお星さまの数と蛍の数とどちらがいっぱいかな、と、見ていたほど沢山とんでいました。どちらも美しい光でした。

何故死んだの蝉

暑くなって来た頃の夜、ビビビーどこから入ったのか家の中に蝉が入ってきた。灯火管制で薄暗い台所なのに、高い窓ガラスにぶつかって〝ボタン〟と落ちてしまった。引っ繰り返ってジージージーと啼いていた。兄さんが心配して何かいいながら手のひらに乗せたら足を動かしていた。蝉も蚊帳の中に入れてみんなで眠った。朝になったら動いていなかった。とても悲しかった。兄姉と三人でお庭の端っこにお墓を作ってお祈りをした。

机はリンゴ箱　そして沢山の子守唄
こんな日、こんな時

私たちの机はリンゴ箱。板がざらざらで棘《とげ》が刺さることもあったけれど、よその家を知らないので私は大満足。ままごと感覚で自分の城にしていた。正座すると丁度良い大きさで、ちょっと重くても、それを持って家じゅう好きな場所に移動するのが楽しかった。

啄木鳥《きつつき》、郭公《かっこう》、鶯、時鳥《ほととぎす》、カラス、燕《つばめ》、雀、とんび、蝉、蝶、蛍、バッタ、トンボ、鶏…彼らが歌の先生になり、子守うたを歌ってくれた。私はあふれるほどの生命に囲まれていた。彼らを感じながら、とーっても安心していられた幼少。庭の蟻《あり》も一生懸命行列をつくっていた。

その庭や、家のまわりに、家の人の好きな秋桜《こすもす》、向日葵《ひまわり》、葵《あおい》、菊、ダリヤ、かたくり、かっこうばな、さくら、桐の花、椿、リンゴ、梅、山吹……それらがいつの間にか咲いたり散ったり、次々とお花の回覧板《かいらんばん》になる。そして歌になって優しく揺れて咲いていた。大好きな遠い日の原風景。

汗かき、泥んこ顔、帽子もかぶらず平気だった真夏、それが当時の子供。勉強はあまりしなかった。

小川の中のさくらんぼ

家の裏山、杉の木と竹藪の近くに二本のさくらんぼの木があった。半日陰のせいか実は小さめでところどころしわしわ、少し寒い色をしたのが多かった。それでも、ほんのり甘い味がした。それがはじめて記憶したさくらんぼ。

やがて小学校へ入学した。学校は家の裏手北方向。結構遠かったけれど、自然が大好きだった私は厭《あ》きることはなかった。たまにリヤカーや牛を引いて歩くひとが通るほどの農道が通学路で、今のように自動車も怖い人もいない、のどかな田舎の村。四季の輝きが満ちあふれ、春夏秋冬の美しさを喜びとして、どんどん歩いた。細長い道程《みちのり》の片方はどこまでも田圃《たんぼ》。反対側は山ぎわからよその畑が続いていた。麦、野菜、くだもの畑だった。梨、栗、桃、柿、ぶどうの畑がつづいていた。のどかなこの道に沿ってやさしい小川が流れている。家の近くにも流れていて、沼に海にと繋《つな》がっていた。小川の両方を雑草が生い茂り、タンポポ、れんげそう、つめくさ、すみれ、土筆《つくし》、つりがねそう…小さい花々がおりなしさいて、可愛い目高《めだか》もたくさん泳いでいた。私は小川が大好きになっていた。水がすんでいて、砂利石、小石にもいろいろな形や色彩のあることを、このころ初めて知った。学校までの道端には感動が沢山あった。

広いぶどう園の川沿いに、ぶどうの木とは違う木があった。その木から数本の枝が小川の上までゆったりのびて、丁度頭の上近くだったから、学校の行きも帰りも目にとまった。葉っぱがでて白っぽい小さい花が咲いて、散って、少しずつ実をつけてきたのだ。細い軸の先に可愛い実、だんだん膨《ふく》らんで日に日に大きくなってきた。「さくらんぼ」だと気が付いて、とても驚いた。家のとは比較にならない位丸くはじけそうで、かわいい赤い色に染まってきたのです。毎日毎日見つめながら歩いていた。ある日の事、その枝から小川の中に真っ赤な「さくらんぼ」が落ちて光っていた。静かな小川だから流れてゆきません。食べたくなりました。「小川の中に落ちていても、よそのさくらんぼ」。小さい声で何回かひとりでつぶやいた。やっぱり拾って食べた。ゴックン、三つ、五つと食べた。おうちのより何倍もおいしかった。ただ一度きりよそのを拾って食べた、「小川の中のさくらんぼ」の味。水の中から拾いぐいしたあの感動は生涯忘れられません。「ごめんなさい」と「ありがとう」のさくらんぼだった。

今もお店に並びます。幼い日から私には高嶺《たかね》の花のまま、よそよそしくてかわいいサクランボのままなのです。そしてあのおいしさにまさるサクランボはどこにも見当たりません。思い出の宝の箱に今も光っています。

神様ヘビ

小学校低学年だった。朝学校へ行く途中、水も温《ぬる》くなってきた六月頃の田圃《たんぼ》の中、ま緑色した稲の苗と苗の列の間を、真っ白いヘビが首を上げてゆうゆうと泳いでいるのを見た。水も澄んでいて、とても気持ち良さそうにして、田圃の右端から左端までゆったり泳いで行ったのだ。真っ白いから「神様ヘビ」だと決めてみていた。そのとき一回だけ。ともだちと一緒だったかひとりだったか覚えていない。その白いヘビの印象が強烈で、いくつになっても田植えの頃になると思い出します。あの辺りの田圃だったかなあ……と。

ひまわり

毎年庭に大きいひまわりが並んで咲いた。大人の背丈よりずんずん伸びて、お日さまを見上げて咲いていた。お日さまも、ひまわりのことをいつも見ていた。大好きだよと言っているようだった。女の子は、ひまわりの種の味を知っていたから、お花も黒い種も大好きだった。昔のひまわりは背高のっぽさん。お花もおぼんのように大きかった。黒い種も一杯詰まっていた。おいしいおやつだった。

蝉

朝早くから蝉が鳴いている。始めはカナカナ。涼しい時に、だんだんジージージーに。まひるは、みんみんみーん、に。それから合唱になって鳴いている。体が小さいのにいつも一生懸命で、みーんなが大きな声だった。競争しているようだった。女の子は鳴き声をよく真似ていた。露地の松の木、ひばの木、家の壁、どこにでもとまって鳴いていた。辺り一面が蝉時雨だった。夏らしい夏だった。

水面

初夏の沼、ぐるっと葦《よし》が繁っていた静かな水面を見に行くのが大好きだった。楽しいことが起こるから、わくわくしながら沼まで飛んでいった。そこで眠たくなるくらい長い間ひざっこを抱えたまましゃがんでジーッと待つ。一人が絶対よかった。水の輪への期待。海が凪《な》ぐと、沼も凪ぐ。私のいる反対側で、時々葦切《よしきり》が鳴いていた。親子かも知れない。姿は見えない。キョンキョングルルルーキョンキョングルルルルーと、それはそれは可愛い声なのです。次の鳴き声を待ちながら「もう一つ」を待っていた。ジーッとして動かないで。

すると、静かな水面の真ん中辺からピョーンと「飛び魚」が空中に跳ねて潜《もぐ》った。たったの一秒間《いっしゅん》。次に水の輪ができる。まるに、まるに、広がり続け、葦切《よしきり》の鳴く葦の陰まで、私の足元まで同じまるが届いて、消えた。次の飛び魚の瞬間まで又、眠たくなるほど待っていた。待ちきれなくて、小石を一個沼の真ん中めがけてなげた。同じ水の輪になった。たまーにモーモーと牛蛙も鳴いていた。声は大きく少し不気味に聞こえた。海から波がザワザワ入ってくると、沼の水面が風に揺れた。宝物が一杯、子供の感動。

海が教えてくれたとんでもない犬かき

終戦直後の、ある夏の日の出来事。

真夏の海から、波の音やみんなの声がきこえてくる。急いで早なりのりんごをひとつ木からもいで、泳ぎにもっていった。約束していつも子供同士で集まっていた。裸足になると足の裏がやけどするくらい熱い砂に、指で丸を一つ描いて、自分の脱いだ服とはきものを置いておく。次にりんごを白い波をめがけて投げてから、海に入った。こだわりみたいにそうしていた。泳ぎを教える人もいなかった。ただ楽しさで一杯。りんごを浮かべて片方の足を砂につけ、蹴って犬かきの真似をしては取りにいった。波も海もどこまでも透き通って底の砂までよく見えて、お日さまがきらきら反射し、まぶしかった。

遠浅の海、波に浮かんだ自分のりんごを一口食べて、又投げて浮かべる、を繰り返して、しょっぱいりんごになっていた。みんなでやっていた。唇が紫色になるまで海の中ではしゃいで、寒くなると熱い砂に走っていってぽかぽかに転がった。砂はさらさらしていた。体の砂は天日干し、パラパラとれて、丸のなかの服を着て家へ帰った。家の井戸端で頭から水をザーザーかぶって洗った。天気のいい日はいつも海だった。波の音より大きい声でみんなでよく笑っていた。

りんごを投げたり食べたりしながら片足犬かきをして遊んでいたら、何時の間にか両足が浮いていた。犬かきをしていたのだった。うれしさいっぱいでさらに沖にむかって力一杯りんごを投げた、思い切り泳いだ。「相当にうまくなったんだ」と、思い込んでしまった。でもなにかが変。自分が努力しているよりはるかに早く沖にむかって進んでいる。不安になって立とうとしたら足が砂につかない、「ブクッ」と海の中。一瞬底を見た。海藻がゆらゆらして「真っ黒い大きな穴」に見えた。深いと直感した。大変だ、と思った。慌てて向きを変え引き返そうとした。今度はなかなか進まない。覚えたての犬かきで岸にむかって一生懸命手足をバタバタ動かした。引き波に強く押されそうになりながら本当に必死だった。やっと片方の爪先がかすかに砂についた。その実感がとてもうれしかった。泣きそうになった。あとは浮くよりも砂を蹴って岸に戻った…。

それから臆病になって、みなのいるところでだけ泳いだ。初めての怖い体験をした日。あまりに怖くて、誰にも話せなかった。あの時の思いのままに綴る。細かに。忘れられません。

鶏は偉いな

朝起きて一番にすることは鶏小屋から鶏を外に出すこと。小屋に行くとすでに待っていて、戸を開けると羽根と塵《ちり》を撒《ま》き散らしながら大喜びで外に出てゆく。のんびりと庭で畑で餌《えさ》を探して食べている。なぜか、戦争とは無関係に、遠くには行かなかった。家のまわり、庭木の下、広い畑の中、たまに、家の中に上っている子もいた。私と目が合って、おかしかった。木の下、植木の下に卵を産んでいることもあった。飼猫ミーコや愛犬ジョンとも喧嘩することもなかった。

鶏が外に出ると、小屋の中の卵を集めるかかりです。手に取ると、あったかくて、ほほずりした。ごめんね、も言いながら、かごに集めた。

夕方近くになると、コーッコッコ……鳴きながら三々五々小屋にもどっていくのを見て、鶏はえらいと思った。

母ちゃんに聞くと、「ニワトリは、鳥目だから、早く見えなくなるんだよ、だから、暗くなる前に、とまり木に帰るんだよ」と言った。

鶏は自分で、わかっていたのです。だから、ますます、えらいな、と感心してしまった。

夕暮れになってから、戸を閉めに行く。

白くて、うすいまぶたを、とじて、とまり木に並んでいた。数をかぞえて、たしかめた。

「また明日来るね」に〝クックッ、コッコッ〟返事をしていた。

誉めて育てる

「兄さん姉さん早く帰ってこないかなー」手伝いに疲れると、いつも思い出されていた。毎日コツコツとやっていた。手伝いが終わると親から「よくやったな」「頑張ったな」の意味合いで少しだけ声をかけてもらった記憶があり、誉められると嬉しいものだった。手伝いがうまかったかどうかより「誉めて育てる」多忙な両親のこれが唯一、子育ての秘訣《ひけつ》だったのだろう。

思い出を美化するつもりはない。善し悪しは別として、誰も親に叱られたことがない。兄弟喧嘩したこともなかった。父は甘やかしたわけでもない。寡黙《かもく》でいつも何か考えているようだった。厳しい雰囲気が漂《ただよ》って近寄りがたい存在だった。

背中が真っすぐで出掛ける時は国防色の上下、足はズボンの上からいつも同じ色のゲートルを巻き、地下足袋のいでたちで身を引き締めていた。二人の息子を心配し、挺身隊の娘を案じ、家族を養いながら、毎日働いていた姿、だった。

突然のお別れ

悲しい出来事がありました。離れの二階に東京から疎開してきていたご家族の中に、やっとタッチしたくらいの男の子がいたのです。私にとても懐《なつ》いてくれていた。ほっぺがふっくらし、可愛いお顔、お餅《もち》のように白いお顔が今も目に浮かぶ。その子が風邪をひいたと聞き、二階の窓からお顔を出さなくなって幾日もしないで、急に亡くなってしまった。

とても信じられなかった。もう二階の窓からお顔を出さないんだ、そう思いながらとても悲しかった。少しずつ少しずつ時間にのって男の子のことを小さい声で鼻歌にしていた。忘れられなかった。

「お姉ちゃん」と呼んでいたのか、「よしこ」で「おんちゃん」になっていたのか…。「おんちゃーん、おんちゃーん」の声は、何年たってもふっくらほっぺのまま私の中に残っている。私を見ると片言で「おんちゃーん、おんちゃーん」といつも可愛いもみじのお手々をいっぱいにふって呼んでいた。

小さな箱に入って大きなお父さんの背中におぶさって、序《じょ》の口《くち》（屋敷の入り口）から出て行った。お寺さんに行ってしまった……。突然の別れにみんな泣いていた。私も泣いた…。戦争さえなかったら、とあの当時がとても悔やまれる。

微笑み

戦争は大切な家族と別れて生きることでもあった。どの人にとっても、言葉に尽くせぬ我慢の日々だったことだろう。けれどどの人たちにも、優しい微笑みがあった。幼い目がそう見せていたのかもしれぬが、私には尊い思い出になって、あの頃の顔、顔が時々にこにこと蘇《よみがえ》ってくる。ぼんやりとではあるが。

お名前を忘れたが、音楽の先生も疎開していた。女の先生だった。隣町にある（当時の）高等女学校へ指導に行っていた。上着の左胸に白い名札をつけ、いつもきりっとしたもんぺ姿の美しい先生。髪を三つ編みにしていて、おかっぱ頭の私には、あこがれだった。

線路沿いの石コロ道を毎日徒歩で通勤。ある日の帰り道、敵の飛行機に狙《ねら》われ、射撃《しゃげき》された。とっさに、鉄橋の下へ隠れて助かった。

田舎道は、隠れ場所がいっぱいあり、先生は油断していたらしい。近くに有名な製鉄所があり、そこが標的だったことを、後で知った。

家の上空を、よく飛行機が飛んでいた。

月夜の晩、初音色

ほーろほーろ何の音だろうか、初めて聞く不思議な音色。楽器なんて見たことがなかった頃のこと。農家はいつも忙しかったから、お月さまが出ても一人で待っていることが多かった。家の中には誰も居ない。大きな部屋が怖いから外に出たりしていた。ある晴れた晩、小高い山の方から、ほーろほーろ不思議な音色が聴こえてきたのです。丁度お月さまの下あたりから。それはそれは心地よい調べだったから、耳を澄まして聴いていた。やっと家の人が帰って来た。尋ねると、「山の父ちゃん」が尺八を吹いているんだよ、と言った。それを見たくて次の日、山の急な細い坂道を登って、そこの家まで見せて貰いに行った。生まれて初めて見る楽器を、すぐ近所《そこ》の父ちゃんが吹いていたことにとても感動してしまった。

父ちゃんは海の仕事をしていた。家族も大勢いた。お酒を飲むとほがらかだった。日に焼けた顔でいつもにこにこしていたから、白い歯が印象に残っている。父ちゃんは一日《いちにち》の仕事が終わって晴れた晩になると、雨戸と障子を開け放ち縁側で吹いていたのだった。ほーろほーろ、あたり一面に降るお月さんの光に乗って、どこまでもどこまでも。

当時を思うと、戦争で亡くなった子を偲び、まだ帰らぬ子だけは無事で帰れ、と祈りを込めて吹いていたに違いない。山の父ちゃんの尺八……戦場の人も待っている故郷の人も、この同じ月を胸痛く仰ぎ見ていたことでしょう。あの人もこの人も今は深い眠りの中に在り。尺八の音色は月の光がよく似合う。亡き人へ鎮魂の響きのように私には聴こえてくる。

浜の松の木と木の間に家を作って

岐阜から疎開していたご家族のこと。ご両親と娘さん（私より、ずーっとお姉さんだった）の三人だった。何かの事情で浜に家を作って住むことになった。私たち子どもには大きな関心事。大人に混じって、いそいそと竹、藁《わら》、板、縄《なわ》等を運ぶ手伝いをした。

松と松との間に板を渡して高い床を作っていた。松の木を壊《こわ》さないように工夫して、周りを竹藁《わら》で厚く囲い縄で留めていた。小さい窓も付いていた（ビニールかガラスか忘れた）。その頃の浜はとても遠浅。大丈夫だと考えたのでしょう、夜だけそこで暮らし、朝には皆で家に集まった。

台所で疎開の人たちと家の人全員で同じ糧飯《かてめし》を食べることもあった。おつゆ鍋、ごはん釜も大きかった。その頃は土の竈《かまど》で薪《まき》で炊いた。陸軍に行った兄さんが高く積んだ薪を、蔵の裏から運んだり、裏山から枯れた杉葉拾いをしたり、柴木《しばき》も焚火《たきび》にしていた。大勢でいることがとても楽しいと私は思っていた。

夢のような水あめ・あめ玉

岐阜から疎開してきたご家族の父親は、驚いたことに菓子職人だった。雨の当たらない家の裏の日陰に蓆《むしろ》を置き、その中に「麦もやし」をつくり、それを使って水あめとあめ玉を作ってくれた。おなかがすいて、おなかがすいて、「お砂糖が食べたい、甘いものが食べたい」といつもいつも思っていたからうれしくて、ありがとうの気持ち一杯にしながらいただいた。

作り方は覚えていないのに、おじさんが、洗面所にあった太くて長い釘に、水あめをかけては引っ張ってを何度も繰り返していた、その仕草だけはよく覚えている。

あめ玉をいただいたあの日の女の子はおばあさんになり、ありがとうのおいしさのまま思い出の中にしまってある。夕暮れの山並みを見ると岐阜に戻られたおじさん一家が遠く思い出される。

昆布拾い

波に流されて足元による昆布、若布《わかめ》、てんぐさ拾いに、疎開していた友達や兄たちとよく行った。ご飯に混ぜたりみそ汁やおかずにして食べた。拾った海藻を砂の上で少し乾かしてから家に持って帰り、昆布はさらに物干し竿にかけ、カリカリになるまで干した。父が庭に臼《うす》を出して杵《きね》でそのカリカリ昆布を細かくついた。わずかなコメや麦、ひえあわ、大根等と一緒に炊いてご飯にしていた。昆布は生でもおいしく、海で拾いながらその場で食べたりした。てんぐさはところてんになった。

糧飯《かてめし》「真っ黒ごはん」

昆布の糧飯が一番おいしいと私は思った。大きな釜の蓋《ふた》を取ると真っ黒いご飯《はん》だった。「ごはんだよー」とよばれる。ひえ、粟《あわ》、大根が多い時は、湯気と一緒に独特のにおいがして嫌だった。でも、ぐっと我慢して食べていた。戦争に行った兄さんや挺身隊に働きに行った姉さんに「ありがとう」を必ず言わせられ、手を合わせてから頂いた。

いろいろなものを混ぜてお腹がいっぱいになるよう大人はいつも工夫していたのだった。南瓜粥《かぼちゃがゆ》もあった。土筆《つくし》やたんぽぽ、芹、のびるはおひたしになった。

　蓬《よもぎ》の葉をよく摘んだ。母がさっと茹でて蓆《むしろ》に広げ、乾かして仕舞っていた。米粉で蓬餅《よもぎもち》にしてくれるときがあった。家で作ったお茶の葉や蓬の葉。濃い緑色と少しの苦み……。あの自然の味を忘れることはない。今でも、本物の味、と思っている。

おやつの主役

　お手伝いの間に、疎開していた友達やしんせきの女の子（後に結核で亡くなったが、思い出の中にいる）と、畑の辺《ほとり》、山際《やまぎわ》のいろいろな木の実、生で食べられるおやつ草を食べに走り回っていた。大人も一緒にひと休みすることもあった。カヤの実を拾い集めておいて乾かしたのを、母がフライパンで煎《い》って、畑にいる皆のところに届けてくれる日もあり、少し焦げた殻《から》をいくつも割って食べた。毎年沢山実をつけてくれた大きな木だった。

　茶ぐみも木登りして食べた。茶ぐみの木には小鳥たちもよく来ていた。胡桃《くるみ》、桑の実、栗、スグリ、そぞめ、のばらの実…いよいよ食べたくなると大人に内緒で生のさつま芋まで食べた。生栗《なまぐり》に味が似ていた。椿の花の蜜《みつ》、赤つめ草の花の蜜を吸い、食べられる躑躅《つつじ》の花も知っていて、よくままごとごっこにも登場した。私にはどれもこれもおやつの主役、どれもこれも大好きだった。

お花が、この子を見て

大きな椿の木、毎年満開に花が咲いていた。ぽつん、お花を一個とっては、蜜を吸った。

赤つめ草の花びらを抜いて蜜を吸った。露地の、つつじの花も食べられた。

お花が、この子を見て、鬼に見えたかも知れない。

…逃げられないものね…

ごめんなさい。

物ごころの始まりに描いた絵が、椿の花だった。

在処《ありか》はナイショナイショ……のばらの黄色い実……

初めて黄色い宝物を見付けた。透き通った小さいツブツブが集まって一粒の実、それが低い木に一杯なっていた。トゲトゲがあって、野ばらだと信じこんでいた。雑草と雑木の中に隠れていた。だれにも言わない、一人で隠れて食べていた。ぽつん、とつまんでは、飲み込むのが勿体なくて口の中でころころと宝物をころがした。小さい声で「頂きます、今日も明日もね」といいながら。遥か昔になりました。六十幾年以上も昔のこと、あの場所はどうなっているだろうか、カヤの木の下あたりだった。食いしん坊のどの子の事も、神様はみていたのでしょう。

おやつ草《ぐさ》

すかんぽ。いたどり。生でたべられた雑草。道端、畦道、土手、畑のまわり、どこにでも生えていて、どこでとってもよかった。「すかんぽ」の茎。一口目はとてもすッぱーい。でも食べているうちに不思議と慣れて、おいしくて止められなくなる。歯が掃除されたかな、と感じるほど、口の中が泡泡になって、爽やかになるのだった。細かいピンク色のそぼろのようなかわいい花が咲き始めてから、だんだんと茎が硬くなり、食べるのを止める。

細かい白い花が咲く「いたどり」。その茎がおいしい。皮を剥いて頂く。透き通るような薄い緑色をして、パッキンカリカリ噛むと、さっぱりした味。すかんぽみたいなすっぱさはない。どちらの草もおいしくて、大人も沢山取って前掛けにくるんで家に持って帰るのだった。

誰もお腹を壊さず、ありがとうの大切なおやつ草。今はいろいろなものが付着して食べられませんが、いつみかけても、やさしさに心がほころんでくる。花が咲くと、画用紙の中にスケッチして咲いてくれる。ひっそり静かに、ココデスヨと呼んでいる野の花。どこの国も争いがなくなって、早くみどりの大地に戻りますように。

茶ぐみ、こんなに　いろいろ

子供の頃、家に、茶ぐみの木が、二本あった。
神さまの使いのように、可愛い木の実。
小鳥も私も、幼いころから、大の仲良し、おやつの木。ご先祖が植えて下さった。
待ち遠しくて、春早くから、まだかな、まだかな、と見に行っていた。
二回と同じうたにならない、茶ぐみの歌を、うたい乍ら。

しゃがんで見上げる。
葉っぱの透き間に、ころん、ころん、ころん。
みどり、きみどり、黄、橙《だいだい》、ダイダイがかった赤、赤、真っ赤っか。
はじめて買ってもらった、くれよんのように。
あんまり可愛くて、見ていると、とっても幸せな気もちになるのだった。

小鳥が先に来ていた。
小鳥だって、どの色が一番おいしいか、わかっているようだった。

大きな木だった。
私もわくわくしながら手をかけ、　足をかけ、　登って枝に腰かけ、
うれしくて、うたい乍ら食べました。
勿論、　真っ赤、　か、　赤い色。

上着のポッケにも、　沢山とって入れた。　いつの間にか、　つぶれて
いるものだった。
食べても食べても、　沢山あった。

小鳥の分

麦刈りがすんだ畑には、色々な種類のりんごの木がはっきり目立った。麦畑の中にりんごの木も植えてあったからだ。秋はりんごもぎの手伝い。時々お日さまで赤くなった温かいりんごを食べながら。齧《かじ》ると虫食いもあったがそこを避けて食べる。みんなで空《から》のリンゴ箱を木の下に持っていって中に藁《わら》をしいて、一つ一つ丁寧に並べ、重ねて置く。

りんごの後から柿もぎもした。りんごのように丁寧ではない。干し柿や渋ぬきにするからだ。兄さんが長い棒で柿の枝を揺らすと、パラパラ柔らかい土の上や草の中に落ちる。それを拾い集めたり、手の届くところを、幼いねえちゃんと私は任されていた。母がいつもいっていた。「〝小鳥の分〟木に残して置くんだよ」と。どの木に居ても声をかけるからどの木にも少しずつ残しておいた。兄さんが、小鳥にすぐわかるように上の方に残しておいた。

雪が降ると、木に残しておいたりんごや柿が白い雪帽子をかぶる。何時の間にか小鳥が下の方からつついて食べているのを見ることがあり、ほんとうにほんとうだった、もっと残しておけばよかったなあ、と思った。真冬なのに小鳥はいつも元気そうだった。でも木の実がなくなったら何を食べるのだろうか、と、心配でならなかったものだ。

小動物にとっても、昔のふるさとは豊かで優しさに満ちていた。幾年過ぎし今はコンクリートの道となり、実家の裏山は団地と化し、すっかり変わってしまった。離れた土地にきて、似通った風景の中に時折、柿の木々の上に実を残してあるのを見かけたりする。「もしや小鳥の分かな」と、優しさを感じ、ふと懐かしくなる。

「小鳥の分だよ」母の声がするようだ。

白い壁が墨《すみ》色に

当時我が家では、風呂を「湯殿《ゆどの》」と言っていた。瓦屋根に白壁の風呂だけの小さな建てもので、母屋から離れた場所にあった。

ある日兄さんが、「湯殿」の白い壁に太い筆で墨をたっぷりつけ、燕《つばめ》が飛んでいる絵を描いた。とてもびっくりした。見る見るうちに墨色の壁になってしまった。

父にいいつかり、爆撃されないよう、目立たぬようにと、黒く塗って守ったのだった。本当に飛んでいるような燕の絵だった。

早く朝になればいいな

日暮れが早い冬。暗くなると、母が重たい大きな錠《じょう》とざるを持ち、秋、収穫して蔵へしまって置いたりんごと干し柿を、人数分、いつも取りに行っていた。ろうそくをともした提灯を持つのが、その日は私の順番。蔵の中は真っ暗。なぜ昼に取りに行かないのか、幼くて判らなかった。子供たちはいつもおなかがすいているので、すぐに全部食べてしまうからだった。

　母の手元がよく見えるように、提灯を近づけて待っていた。緑色したインドリンゴのいい香りが、蔵の中いっぱいに漂う。香りを、いーっぱいいっぱいすいこんだ。母がざるに入れ終えるまで短い間なのに、ろうそくの明かりが、真っ暗やみの中で、ゆ～ら、ゆ～らして、少し怖くなり、本当は、その役目になるのが、ひそかに嫌だった。でも、すぐ上の姉、その上の兄と三人で、順番。それをしないと、おいしい夜のおやつがいただけません。怖いと言い出せず我慢していた。

　手伝いの人たちも帰って、疎開していた人たちとも別々になる夜、広い母屋には、留守を守る数人の家族だけ。にぎやかではない。皆、黙っていた。家の中がシーンと鳴っていた。夜鍋仕事（わら打ち、なわない、針仕事等）の後、夜遅く「おかみ」（台所から一段上がった和室《へや》）の炬燵《こたつ》（炭火《すみび》）に入って、りんご、干し柿を分けてもらう。灯火管制で家の中はぼんやり暗かったから、皆の顔をひとりひとり、いつもジーっと見つめていた。淋しい雰囲気が漂っていた。台所の大きい柱時計の音、風で雨戸がガタガタ鳴る音、ミーコがくぐり穴から入ってくる音、と限られた音の中に「ただいま」誰かの声が聞こえることがあった。なのに誰も何も言わなかった。…おくびょうのせいか…。

あの時の静寂《しじま》が怖くて、私は必ず誰かの横にぴたっとくっついて座っていた。早く朝になればいいな、と夜が来る度思っていた。

当時はラジオはあったような気がするが、新聞はなく、激戦地のこと、歯をくいしばっていたであろう兄たちの様子、挺身隊にいる姉の我慢と苦労、悲惨な状況等聞くことも見ることもなく、後々知ることになるのだった。

ふんわりゆきんこ

冬の台所。とても広くて寒かった。高い屋根のすぐ下に三角の煙抜きがあった。そこから時々風に押されて、ゆきんこが花びらのようにひらひらまわりながらそーっと落ちて来る日があった。見上げていると、鼻歌になっている。板場にうっすら積もって、そこだけふんわりやさしい丸になるのだった。外と同じくらい寒い台所だから板場もツルンツルンに凍っていた。三つ上のねえちゃんが、水で絞った雑巾でいつも二等分の印をつけ、ふたりで板場を拭いた。雑巾の先に氷がたまったりした。ねえちゃんより遅いからいつも一生懸命に拭いた。手もかじかんだけれど、何故か楽しかった。まんまるのゆきんこは残しておいた。小学一年生頃の毎朝の仕事。「ご苦労さん」親に誉められていた。

狐の鳴き声と雪の音と

雪の夜、時々狐の鳴く声がした。悲しそうだった。裏山の方から聞こえてくる。布団の中で聞いていた。隣の母ちゃんもねえちゃんも眠っているから一人で聞いていていた。だんだん鳴き声が遠くなった。狐が心配でならなかった。小さく小さく雪の降る音も聞こえる。どんな雪か……と息を止めて聞いていていた。ぼたんの花のような牡丹雪や、綿飴のようなふんわり雪が特に好きだった。雪が降ると、これがおさとうだったらいいなと、いつも思って見ていた。屋根のつららも長かった。お日さまがあたると、とけて雨だれのように降った。つららの向こうに、空いろが見えました。

星のおはじき

月明かり星明かり。昔のお百姓さんは朝早くから夜は月明かりを頼りに働いていた。秋、たんぼから運んだ稲を家のすぐ前のはせ場に掛ける仕事です。「もう少しだよ…」と声を掛け合いながら働いていた。私は、一人広い薄暗い部屋は怖くて、皆が来るまで庭に出て待っていた。地上に光がないから自然に空に目がいく。月も星もとても近くにあるようだった。黄色や青色、赤っぽいのがキラキラギンギンに輝いて、今にもかけらが落ちてきそうだった。流れ星も何度も見ることができた。「星から星へ流れてはじける星」も見た。そう見えた。「星のおはじき」みたいだった。すごいなあ不思議だなあ。感動は言葉にはならず退屈もせず厭きもせず、首が痛くなっても夜空に釘付けだった。うさぎが餅つきをしている「お月さま」をいろいろ不思議に思ったり、「白っぽい天の川が本当に流れているのか」、「あそこから雨が降ってくるのか」「フーン」と一人納得していたのだった。暗がりに目が慣れてくるとはせの影や家の人の働く影がくっきり見えて、早くみんな来ないかな、空腹で我にかえっていた子供。

そして今、ばーばとなっての願い…。

お月さんが岩石だったと知ったのは幾つの時だったろうか、がっかりし、尚不思議でした。宇宙空間に浮かんでいる偉大なる物体たちよ、変わらずいつまでも輝いてこの地球を明るく照らしてくださいね。「世の平和」を願って、この地球のかたすみからお月さんお星さんを見上げて時々手を振っているばーちゃんを見付けてくださいい、そしてくださーい。階段を上《のぼ》って会いにゆきたいねえ。

小さい声でお祈り

「おかみ」に日本古来の神棚と仏壇が祀《まつ》られてあり、毎朝母がお茶、水、ごはん等をお供えしていた。父の次に母、お義姉さん、そして兄姉私の順に手を合わせた。毎朝皆の祈る姿を真似て習慣になっていた。

「みんな無事で早く帰りますように」「小さな声で言うんだよ」と母に教えられてそのとおりにした。戦時下だから「小さい声で」の意味も、後から何となく理解した。神仏は家の人の心のよりどころ。兄姉たちの無事をいつも祈っていた。

あれから、平成の今日まで、朝に夕に手を合わすのが習わしとなる。祈り乍ら、ふと、幼い昔と重なる日がある。家の人の願いであった「皆早く帰って来ますように」、その願いは叶うことはなかった。

時の流れは早い。あの頃が、昨日のように、冬の夜は、今も、淋しくなる。

雪降る様《さま》に、風の音に、雨音に。

幼い日から朝一番に起きるのが大好きだった。

雀、鶏の鳴く声に、ぴょんぴょん早起きしていた子供だった。

だから、明るくなる「これからの朝」が、未だに、一番、ほっとする。

陸軍の兄が帰郷

兄が出征してどの位か経過してから、休暇で帰ってきた。

「ただいま」あの日玄関を開けて入った兄なのに、漠然と、全身が国防色であったことしかどうしても思い出せない。幾日か家にいられたのだった。私の記憶ではたった一度だけの帰郷だったように思われる。

兄、お義姉さん、勿論両親もどんなに嬉しかった事か。おそらく白いご飯、餅（胡桃、蓬、小豆、雑煮）、鰈《かれい》の煮付け、お神酒《みき》…でもてなしたことだろう。戦時下で「ぜいたくは敵」の時代だから、世間に内緒で、大切な兄にひっそりと、でも充分に振る舞ったことだろう。御馳走のことは思い出せないけれど、その頃は白いご飯に鰈の煮付けは特別な日の大御馳走だった。

その時、もしかしたらこれが最後か、と兄は覚悟の帰郷だったのかもしれなかった。

戦地に行くな

両親とお義姉さんは心中「もう行くな」とどれだけ止めたかったか。そして兄自身の辛さはいかばかりであったかと、時々思う。

兄さんを見送りに

休暇を終えた長兄を見送るため、親から言われて、当時小学校六年生ぐらいだった三番目の兄が、お義姉さんのお供をして青森までついて行った。「それが最後の別れになってしまった」と思い出話の中で最近話していた（平成二十年四月…私は初めて聞いたこと）。

その時着物を着せられて「とってもやんたがったよ」と昨日のことのようにはにかんだ顔をして言っていた。母は大役を担《にな》っていく大切な三男に、とっておきの外出着を着せたかったのでしょう。戦争時いつ、どこで、何が起きるかわからないからこそ、送り出す覚悟で支度したのだと思う。それにしても和服だったか…と少年だった兄のぎこちなさ、恥ずかしそうな様子が目に浮かぶ。兄さん大役ご苦労さまでした。

それより前は、父が義姉さんを、兄に会いに連れて行ったと話していた。

陸軍の兄さんが戦死した

それから後、日付は定かでないが、ニューギニアで死亡とされた。戦死してしまった。二十代という若さで。

生きていたなら、家を明るく照らし皆を支えてくれる大きな存在だったはず。大黒柱を失った。帰って来た白い箱。中に遺骨はなく「頭髪、爪とその地の土か石」であったと聞いている。子供は駄目と言われ私は見なかった。小さな箱を目にしても、兄の姿と結びつかず不思議でならなかった。納得できなかった。その白い箱を胸に、母が振り絞るような声でいつまでも泣いていた後ろ姿を忘れることはない。

私の生涯で母の泣く姿を見たのはたった一度だけ。気丈で優しい女性だった。お義姉さんも兄の死亡を信じることができなかったのではないだろうか。受け止めようのない、涙も出ない、ただ衝撃《しょうげき》のまま日を重ねていたと思われる。あの頃を偲ぶとそれぞれの思いやりが交差してくる。

案じながら、心配しながらも正しい道しるべなどだれも考えられぬまま、ひたすら生きることに精いっぱいだった時代。農家の多忙さと、たおやかな風土が、人々を包むように、毎日が過ぎていったように想像される。日本中に次々と痛ましい知らせが届き、限りない悲しみと不運がもたらされた時代だった。

愛犬ジョンの命

大切なジョンまで召集され惨殺された。その場所までジョンを連れて行かねばならなかった三番目の兄。大切な宝物ジョンを見つめながら歩いた道、途中で固まり動けなくなった二人の姿は年月に関係なく、少年だった兄の心から生涯消えない痛みとなった。それを中学生になってから知った私でさえ、言葉にならない痛ましさのまま、残っている。

目で見る以上に見えるもの、それが肉親の情けだ。

亡骸《なきがら》がない

ニューギニアで亡くなった尊い兄、そしてジョンの死も、目の前に彼らの姿がないために、悼《いた》みとして受け止めるには私は幼かった。月日を重ね、多くの真実を知り、受け止めていった。

原爆、そして終戦

昭和二十年八月六日広島、八月九日長崎、原子爆弾が投下され炸裂《さくれつ》した。八月十五日、ラジオで昭和天皇の玉音放送があった。敗戦し戦後となった。そして六十三年（平成二十年）という年月が経過してもなお、大勢の人々が被爆の後遺症で苦しみを受けつづけている。

また他の激戦地において、兵士、民間人を問わず、あらゆる人たちがなんと惨《むご》い戦禍を潜《くぐ》ったことでしょう。いたるところに戦災孤児が生まれ、多くの人たちがその後の人生を背負って生きていかなければなりませんでした。

第二章

長兄の戦友

長兄の戦死について、その時の状況を、平成に入ってから初めて、間接に伺い知るに至った。同県出身の戦友が話して下さった内容は、戦場で兄が病になり、動けなくなった、と言うこと。激戦地で、絶体絶命、逃げること、ままなりません。已《や》むを得ず、日本軍の仲間と別れる選択をした。

その時、頭髪・爪・土を形見とし、本人の証としたのだった。友と別れる間際、兄が、家族を頼む、と言い遺していた。

かろうじて、生きて国に還《かえ》った、戦友。兄に託《たく》された一念を律《りち》儀《ぎ》にまもり、二十数年もの長い間、年に一度家を訪れては必ずお仏《ほとけ》さんを拝んで下さり、仕事を手伝って下さった。家の人は皆、すまなさと、ありがたさを胸一杯にして、感謝していた。私が小学生の時、初めてお会いしたのだが、雰囲気が長兄にとても似ていると感じた。物静かな面影もそっくりで、兄さんだったらいいな、と子供の頃よく思っていた。成長しながら、意味も新たに、深く、感謝の念を忘れることはありません。

兄の戦友は、八十歳代で、天国の人となりました。ニューギニアで別れた若いままの兄と再会して、どんな話をしているのでしょうか…。

病む体、動けぬ体で激戦地に取り残された、兄よ。痛む、は、意識が有ったということだ。夜空の月が、見えていたか、望郷の念に、どんなに無念だったことか、と、時々、今も思い出されては、合掌している。

心に深い傷を受けて二番目の兄のこと…

海軍の兄が生還した。無事に帰ってきた嬉しさに皆がそわそわしていた。

ところが帰ってきたのは明るい兄ではなかった。怖ささえ感じた。毎日くらい表情だった。その様子は子供の私にも伝わり、怖ささえ感じた。なぜなのかとても理解できなかった。暴力とか怒鳴るとか、そういうことではなかった。極限《きょくげん》からの生還に、ひとり葛藤し、踠《もが》き苦しみつづけていた姿だったということを、戦後数十年を経て知ることとなる。

この兄の戦後の人生は幸せとはいえなかった、と、私は、末の妹なりに見つめてきた。

誰もが一生懸命なのに、どこかでボタンの掛け違いのように道が分かれてしまったり、運命の歯車がいくつも狂っては、陰で泣いていた人達もいた。残された家族の上に、さまざまな影響を与えていた。

あの時代は皆が可哀相。
命残っても戦争の犠牲者だったから。

傷痍《しょうい》軍人

義手、義足で帰って来た人々をよく見かけた。子供心にも可哀そうで痛そうで、まともに見ることができなかった。国と家族を守るために戦い傷つき、そして不自由な体で戦後を生き抜いた人達。帰還《きかん》しても家も家族も失っていたのかもしれなかった。

田舎の駅前や町の中で、松葉杖をつき不自由な体でアコーディオンやハーモニカを奏でてお金をもらい、糧としている姿を何度も目にして、とても胸が痛んだ。一生懸命戦後を生きていた姿を忘れられない。一言で言い表せぬ戦後の長い道程《みちのり》、人生はいかばかりかとしのばれ、あのころが時々思い出される。

待ち続けて生きられた

どこの誰もが心の底で叫んでいたに相違ない。わが命より大切な家族を戦場にはぎ取られたのだから、覚悟はあったとしても、亡くなったと知らされて届いたのがほとんど空の箱、泣いて諦めきれるものではない。亡骸のない死亡は信じられなく、雨音、風音の中にさえ、「ただいま」と声を聞いたように思った。気配を感じ、もしや、もしや、と待ち続けることで逆に頑張って生きられたのではなかったかと私には思われる。

ひょっこり〝ただいま〟と。

…もしも、私の子や孫だとしたら、いても、たっても、いられないことだ。

古いアルバム

一番目と二番目二人の兄たちのことが長い間心の片隅に引っ掛かっていた。伝えたいことがあったのではとの思いがとても強くなり、平成二十年三月からこの手記をはじめた。わずかなことでも確かなことを綴ろうと思い立った。一ノ関の山の手に暮らす、二人の兄に年齢の近い姉に、そのことで改めて会いに行くことにした。

現在八十代の姉さん、声をきくだけで、いつもほこっと、救われる。電話の向こうで「待ってるよ」の返事。子供たちに私の心境を話した。是非にと賛成してくれ、それぞれ日程を調整し遠路車を走らせてくれた。小高い屋敷の松の木の下で手を振っている、苦労に苦労を重ね働いてきた姉。癌もわずらった身体だったが、とてもいい顔で、安心した。心が温かく童心にかえってくる。

さっそく陸軍だった兄の形見となった古いアルバムを出してくれた。グレイの表紙、「大東亜戦争」と金色の文字がうっすらと、でもしっかり印され残っていた。私は初めて目にするアルバムだった。触《ふ》れるとぼろぼろに壊れそうだ。そっとページをめくる。これまで見ることのなかった数々の写真に深い感銘を覚え食い入った。両親の、子を思う親心が切に伝わってくる。戦争の為、いずれ離れていってしまうであろう子達《ら》の姿を、写真にたくさん残してあった。尊い宝物であった。遅く生まれた私たちの写真はほとんど無かった。

いくつもの史実に逢えた。特に「出征間近の記念写真」には、陸軍の軍服を着た長兄はどこか寂しげな顔で、海軍の水兵服を着た次兄はにっこりと明るい顔で、対照的な二人の顔が写っていた。不運な二人の兄の顔。そしてジョンの写真もあった。写真の表に万年筆で「ジョン公よ、しっかりやれ、おぬしんお国のため、ラブじゃジョン公」ローマ字で書かれてあった。海軍の兄が書いたものらしかった。ジョンは兄たちの出征より後から召集されたことがわかった。ジョンの運命を知りながら兄たちは出征していったのだ。みんなの、大切なジョンだった。

生きたくても生きられなかった人々、動物が、この地球上にはたくさん存在した。

青少年時代の二人の兄はとても仲が良かったときいている。ジョンも皆に可愛がられ、温厚でおおらかな犬だった…と、きいている。

二つとない命、もし次に生まれ来る時は戦争のない時代に…。

〝切に、切に〟…これを書きながら思わず声にしてしまった。

青年団

この日いろいろ話してくれた姉が、青年団員として活躍した時代。双眼鏡を手に敵機の監視当番の姿や、竹槍の稽古、また、女子全員が小学校の校庭に竹槍を構え一糸乱れず整列している写真もあった。上が白、下が黒の揃いの服装に白い鉢巻き、緊張感がみなぎり「エーイ、ヤー」の掛け声が聞こえてきそうだ。前列で一人後ろ向きに竹槍を構え、姿勢を正し、立っている女の先生は当時仙台から家の離れに疎開していた方であることを知った。どこから敵が来ても戦えるように、駅前で、わら人形を敵に見立て竹槍で突《つ》く訓練もしたそうだ。さまざまな訓練は男女を問わず毎日繰り返し行われた。仲間の男子が、ひとり、またひとりと召集され出征して行った。人数が減っていくのが、とても、とても辛かったと、姉が昨日のことのように、話していた。

魚雷艇の恐怖・人間魚雷

姉の話の中に右の言葉が出てくるとは考えてもいなかった。次兄を不幸にした、もっとも核の部分だったかと、私には推察《すいさつ》された。これまで知らずに生きてきてしまったことに、深い衝撃を受け、もっと早く知っていたらと悔やまれた。

それぞれが、生きることで精一杯で、あらためて語れるときがなかった…それも現実だった…。

「それで二番目の兄さんはすっかり人が変わってしまったのよ…」と姉は悲しそうに繰り返し話した。

仲間が次々に姿を消し、還らぬこと、逝《い》ってしまうこと、何が正常か正常でないか判断できぬまで追いつめる上からの命令。矛《む》盾《じゅん》だらけの葛藤、恐怖。極限の中、幾度も心を失いかけ、紙一重で命が残ったこと。おそらく光のない海の底で死の訓練をしていたのでしょう。思い出したくない、しかし消したくても消えない闇《やみ》の中を彷徨《さまよ》い続けていた次兄。…姉のひとことと一言を聞きながら私は切に、そのように受け止めた。

次兄には約束した婚約者がいたという。会いに行くことに決めたまさにその日、「長兄戦死」の知らせが入った。次兄は家の為、その女性との結婚を断念した。戦争がもたらした悲劇としか言いようがない。

「戦争さえなかったら」と、虚《むな》しいが、そこに全てが至ってしまう。「二十代で命を絶たれた長兄」、「生きて帰っても生涯を狂わされた次兄」、「ふりまわされた人たち」、「罪もなく惨殺された動物」、どれもみな非情でしかない。己《おのれ》の人生を選択できぬのが戦争だ。宿命の中で、それぞれの戦後が続いた。

彷徨《さまよ》いつづけた次兄の晩年を、東京在住の姉が、手を尽くし看取ってくれた。義兄たちにも大変お世話になりました。

「俺は戦争の犠牲者だった」

この言葉が最後だったらしいよ、と、この日はじめて私は聞いた。言葉の意味がとても深いところにあった。人権を否定する戦争の罪深さを、次兄は伝えたかったのであろう。そして、どうにもならなかった自分を、家族に謝りたかったのであろう。

次兄の亡骸は、皆様の御配慮《ごはいりょ》により御先祖の近くに、安置された。どんなに感謝していることでしょう。

生前

息子を心配し続けた両親や家族たちに、普通に接してやれなかった。次兄は、己を、どれだけ悔いた事でしょう。

曾《かつ》て、日の丸を胸に、お国の為、皆を守る為必死の覚悟で出征したであろう、この次兄よ。物言えぬ程、心の底を、負傷していた、とは。辛かったね、兄さん、…でも皆も辛かったのです…。

御《み》仏になりましたが、誤解されたままよりも、少しでも判《わか》って頂く事が、とても大切。戦争とは、平和とは、を問うには、まず、身近な中からだと私は思ってきた。

田舎の子が、おばあさんになってやっと、理解に近づけ、つづる事が出来た。上手ではない、ありのままを。仏たちを偲び、現世の皆を思い、二度と戦争が起きぬよう、切望して、やまない。

義兄は満州からシベリアへ

馬に跨《またが》った凛々《りり》しい姿の兵士の写真が仏壇に飾ってあった。この日の姉のご主人である。義兄は独身時代に召集され、騎兵隊として満州に出征した。そして満州で終戦を迎えた。

…どんなに、苛酷《かこく》であったことか…

義兄は遠野出身の馬に乗っていたが、終戦時、馬をコーリャン畑に放した。生かしたくて、放しても放しても何度も、義兄の後を追ってきた。泣く泣く悲しい別れをせざるを得なかった。その後二年間シベリアに抑留されてしまった。空腹、厳寒、苛酷な労働から、目の前で仲間がバタバタと死んでいった。義兄は幸いにして石灰工場の雑用係り、火おこしの係りを担当した。

抑留中は一日に飯盒《はんごう》のふた半分のコーリャンしか配給がなかった。ロシア人の飯炊きの女性が見かねてジャガイモを持って来て、火の中に入れてくれた。そのジャガイモと火のそばでの労働で辛うじて命が残ったらしい。

ある朝宿舎の二階から階下へ降りていくと、自分と同じ県出身の人が亡くなっていた。遺体に添えられた住所を見て初めて同郷と知った。遠い異国シベリアで同県の仲間がいたことに驚き、そして同時に無念さを受け止めた。ガリガリにやせこけて何とか帰還できた義兄は、亡き戦友の家を探し訪ね、報告することができた。そこには奥さんと小さい男の子がいて床屋を営んでいたとか。又、縁とは不思議なもので、この出会いが姉との結婚につながったらしい。

頑張りやの姉は、義兄に従い、共に力を合わせ、見渡すかぎりの広い農耕地に汗を流し、働きに働いて、長い歴史を積み重ねた。嫁ぎ先の祖父母、両親の最期を看取り、義兄の兄弟たちを大切にし、大切にされ乍ら、乗り越えた激動の戦後。その中で何よりの宝である良い子供たちに恵まれ、りっぱに育て、可愛い孫たちにも恵まれた。

義兄は八十四歳で他界した。姉が入院した時のこと、ベッドのそばで、「こんないい人はいなかった」と照れながらボソボソっと言っていた日の様子や、跡継ぎの長男に、めんこいお嫁さんが決まったよ、と、よく通る声で、満面の笑顔で母たちに話していたこと等が、忘れられない小話《エピソード》である。

尊い戦士、遠野の駿馬《しゅんば》

満州で、義兄を追いかけたお馬さん。遠野のどこの出身かなど、くわしいことは戦地では知らされなかったらしい。育てたご家族に当時の様子を語り伝えたくても伝えられないのが残念だ、心残りだ、と折にふれ思い出してはよく姉に話していたらしい。

戦後六十数年が経過したが、戦争の強い衝撃は生涯忘れられるものではない。だからぽつりぽつり、思い出され、語り継がれている。遠野のお馬さん、あなたも国の為、戦士にさせられ、亡くなった。ジョンに似てとてもかわいそうです。私たちは幼少から動物に親しみ本当に大好きです。お会いしたことはないけれど、けっして忘れません。

あなたの優しい目、いななきが浮かんできます。きっと天国で義兄に会えたことでしょう、どんなにか嬉しかろう。ごくろう、ごくろう、となでてもらっているのでしょう。義兄よ、駿馬よ安らかに、安らかに…。

両親の願い 三番目の兄

長男、次男と、上二人の息子が戦争の犠牲になったため、三番目の息子は家のそばに、と両親は強く願うようになった。家の行く末を心配して。身よりの皆にとっても、大きな灯《あか》りだった。そのことは、兄自身、察していたようだった。

兄は大学に入った。家から仕送りはなかった。東京在住の義兄・姉にお世話になったり、新聞や牛乳配達、他、いろいろなアルバイトをして、がむしゃらに働き乍ら頑張った、苦学生だった。何とか卒業し、東京から戻り、実家近くの中学校の教職に就《つ》いた。その時の校長先生の目にとまり、兄は先生のご親戚の婿になった。当時の汽車で、三十〜四十分ほどの近い町に。母子二人だけの家庭で、お義姉さんも学校の先生だった。

お義姉さんを立派に育てたお義母さんは、やさしい人で、タスキがけのお姿が、とても印象深く思い出される。

お義母さん、お義姉さんの御理解によって、兄は実家へ通い、いろいろな用件や手伝いをし、よく助けてくれた。

父は、安堵したかのように急に体が弱まり、早く老《ふ》け込んでしまい、還暦過ぎて、すーっと、灯火《ともしび》が消えた。老いゆく母、残された家族にとって、三番目の兄の存在が、どれだけ心強かったかしれない。

婿になってから教職を辞し、新家庭にお店を構え、一方で、日本舞踊の家元になった。家の一画に稽古場も造成した。

大学生当時「演劇部」に所属し、大学祭の折り、幸運にも、会場に来ていた歌舞伎の先生に声をかけられた。それが切っ掛けで踊りの道につながった。好きだからこそ、不眠不休で学んだ踊りだったと、兄から聞いていた。舞う、その芽が、兄の五感にはあったのだ。

並大抵の努力ではなかった、と想像される。老若男女誰にでも気さくだったから、皆さんに支持され、まわりに踊りの輪をどんどん広げていった。一旦舞台に立つと、ピシーッと空気が変わり、華麗な舞いになるのだった。

驕《おご》らず、日々精進の結果が年一度の発表会となる。皆様がその日を心待ちにして下さって、ありがたいことだ、と常々話していた。直向《ひたむ》きな兄の姿勢から、私も教えられることが多かった。

人生の山坂を越えながら、互いに会う機会も少なくなっていった。踊りで鍛《きた》えているから病気は縁遠いだろう、と願っていたが、父に似たのか、古希《こき》に入ってから病がちになった。心配されてはいたが、私の都合がなかなか整《ととの》わなく、すまなさから時折り電話をした。若い頃とかわらぬ冗談交じりの話し方に、安心してみたり、又、兄が弱くなることを認めたくない自分も居て、日延べしてしまった。

平成二十年四月、やっと見舞いに漕《こ》ぎつけると、あたたかい家族に囲まれコタツに掛けて、笑顔の兄が居た。

早く来られなかった申し訳無さ、日頃の感謝の気持ちを伝えながら手を取ると、力が無く、患っていることが伝わり、その手を離せなかった。いやあ、俺も会えて、うれしい、と、同じことを言った。以前のまま、変わらずに居てくれた。

また当分、会えないだろう…咄嗟《とっさ》に判断され、一ノ関の姉が話してくれた、海軍だった二番目の兄の真実を、知るかぎり報告することが出来た。兄も私と同様、ほとんどを知らないでいた。なるほどなァ…、次兄の終生を想いめぐらし、そうか、と溜息をつき、うなずきながら、自分に、言いきかせているようだった。

「聞いてよかったよ。戦後はみんな生きることで、必死だったから」との兄の言葉に、深くうなずいた。老いて、よく似た兄妹の顔だ。

「俺のおぶった妹も、そんな年齢《とし》になったか」。少し前の兄の年賀状に書いてあったことが、思い出された。五つしかちがわぬ小さい背中で、私をおぶってくれたのだ、重かっただろうに…。

柿の実、茶ぐみ、稲穂のかおり。夕焼け、赤とんぼ……。兄と話していると、幼少の日々が昨日のことのようによみがえってくる。おなかをすかせている時、兄が、麦ごはんを入れて「鍋やきパン」をつくってくれた…。

幼いころから、ほんとうにありがとう。

お義姉さんとも、久々に会えた。聡明な義姉の話題は幅広く、機知に富み、たちまち引き込まれ、半世紀ぶりに学生気分に戻るような、清々《すがすが》しい気分にさせてくれる。

さかのぼれば、義姉も兄に続き、まもなく学校の先生をやめている。つねに自分を研き、いろんな面を研鑽《けんさん》して来た人だが、家業のこと、家のこと、兄に尽くし、自分の持てる力を発揮し得ぬ人生であったかと、義妹《いもうと》の立場から、想いめぐらした。

甥は、家業と、塾の先生。頭の良さは、義姉ゆずり、面影は兄に似てきた。

皆、幸せであれ…。

名残惜しいが、夕暮れに急かされ乍ら、また来る、また会おうね、幼い日の兄妹になって、またね、またね、と繰り返し言って別れた。車が見えなくなるまで、見送ってくれたお義姉さん。とっぷり陽の暮れた帰路、娘たちの運転する車中からみる夜空に、一際《ひときわ》光る星がまたたき、ピアノの旋律《おと》がするようだった。

この日の兄は、それから五ヶ月後、扇子を胸に眠っていた。みんなの大きな灯《あか》りだった。

「群青、よかったよ」と、私の唄を賞《ほ》めてくれ、「俺も、今一度、踊りたかったよ」と、表の通りをながめながら、言った。兄との最後の会話となった。

一昔前、兄の踊りの発表会に、兄と御弟子様のすすめから、私も大好きな歌で出演させていただいたことがあった。忘れられないピアノ曲、その中にニューギニアに残されている、陸軍だった亡き長兄のことが必ず思い出され偲ばれる旋律があった。

遥かな海を越え、兄のもとへ届けと、一心に詩を唄い上げた。その曲が、「群青」だった。こみあげる様々《さまざま》な想いを、生涯忘れることはありません。

未来へ……

今、私は、素晴らしい不思議を感じている。

平成二十一年度、兄を称えて下さった有志によって、作詞、作曲、唄がつくられ、レコーディングされたこと。

又、全く踊ったことのない甥が、大勢の方に背中を押され、「会主」に推薦され、兄の追悼公演で初舞台に立ち、舞い上げたこと。

二つのこの現実《ぐうぜん》は、何か導かれたようにさえ感じてやまない。

甥は、「父の踊りのすごさを、改めて感じ取っている」と話していた。

踊りは俺一代で終わる、と、兄が生前話していただけに、吾が倅《せがれ》の初舞台を、驚きと感動で見守っていたことでしょう。

人は、誰かの、頑張る姿から、勇気をもらう。

山あり、谷あり、それぞれが長い幾山河をこえているが、過ぎてみれば、瞬《まばた》きの間《ま》に、時が流れていたなと、思うことがある。

一日の積み重ねが歴史であるならば、不幸しかもたらさない戦争だけは、ぜったいあってはならないと、あらためて繰り返し願うばかりだ。

祈り

生命育むみどりの大地
まるい地球よ甦《よみがえ》れ
戦争のない世界であれ

海辺に立つと想われる
この海と空は
はるか遠くニューギニアにも続いている

兄よ、帰りたいだろうね

昔とかわらぬお月さんに、祈っているから
祈っているから

佳子

◆なみだ

月がなみだを照らす
いつも、どこかで、繰り返される争い
子供達の
大きな、ひとみに
大粒の涙が、光る

世界の子供から、幸せを奪わないで
笑顔を奪わないで

佳子

終わりに…

夢違《ゆめたがい》観《かん》世《ぜ》音《おん》菩《ぼ》薩《さつ》さま

此の度、一ノ関の姉に会い、貴重な史実を知るに至り、ありがたいことだった。

上手に書こうという意識も無いまま、三番目の兄に約束し、平成二十年、つづりかたを思い立った。これも、巡り合わせ。兄たちや、ジョン、駿馬が、「今だ、この指とーまれ」と訪れた気がしている。亡き兄たちにせかされるように始めた「つづりかた」が「この星に生まれて」という一冊の本になるまで、二年を費やしました。応援してくれた家族、いつも傍《そば》に居てくれる犬のクロ、猫たち、本当にありがとう。

私も病気を繰り返し、危篤《きとく》の時もあった。度重なる困難に、呆然と立ち竦《すく》むことも数えきれない人生だった。

子供のころから、争いが嫌いだった。両親が、そうだった。似たのであろう。子や孫と、励み、励まされ、なんとか、こんにちに至っている。

ふりかえれば、ひとつひとつは修行を積むことであると、私は受けとめている。

絵を描くのは、病む身体に勇気を与える為であった。

当地に来て初めて、菩薩さまのお姿を描きたくなり、一日の僅《わず》かな時間を祈りては、えがき、をくりかえし、一年半がかりで、やっと完成した。そのまま保管し忘れていたら、不思議なことがあった。

ある晩菩薩さまのお声で、はっきりと、私に伝えられた言葉があった。作品が、作者の手から、離れた瞬間を悟った。

翌日、縁《ゆかり》のあるお寺さまにお話しすると、御住職様と奥様が快く引き受けて下さり、菩薩さまの絵は、お寺さまの厳《おごそ》かな佇《たたず》まいの中に安置されました。

お世話になった皆様に深謝し平和を祈り
終《つい》の一歩《いっぽ》にこれをつづる。

「この星に生まれて」
平成二十二年七月　完成

佳子（七十四歳）

本書の制作・出版にあたり、多忙をきわめる中、推敲・構成・装丁・デザインなど全ての工程をにない尽力してくれた娘の恵理と、震災後の私どもの心情に深くご配慮頂き、辛抱強く編集作業を進めてくださった文芸社編集部の宮田氏に対し、心から御礼申し上げます。

著者プロフィール

佳子（よしこ）

陸前高田市出身。
宮城県在住。

この星に生まれて 兄たちよ、ジョンよ、駿《しゅん》馬《ば》よ

2012年８月15日　初版第１刷発行

著　者　佳子
発行者　瓜谷 綱延
発行所　株式会社文芸社
〒160-0022　東京都新宿区新宿１－10－１
電話　03-5369-3060（編集）
03-5369-2299（販売）

印刷所　株式会社フクイン

ISBN978-4-286-10376-1